夜伽の苺は男装中

～皇太子の内憂白書～

Ayame Hanakawado
花川戸菖蒲

Honey Novel

Illustration

氷堂れん

CONTENTS

フランジリア王国の王都・フランジルでは、夜になっても晩冬の雪が降りやまなかった。

深更――。

「…殿下。ルシアン皇太子殿下」

王宮の奥まった一角にある居室で、皇太子であるルシアン・ヴァン・デ・ベルデは、男の低い声で眠りから起こされた。

「……」

すぐさま目を覚ましたルシアンは、ゆっくりと体を起こした。寝台のすぐ横では、細い蠟《ろう》燭《そく》を一本だけともした侍従長が、ひどく緊張した表情でルシアンを見つめている。国王につ いているはずの侍従長が自分の寝室にいる。しかも、真夜中に。なにか異状が起きたのだと悟り、ルシアンはさっと寝台を下りると、手早くズボンとシャツを身につけた。

「なにが起きた」

ルシアンも低い声で短く尋ねる。侍従長は声を落としたまま告げた。

「陛下がはなはだ思わしくないご容態に」

「父上が？　危篤《きとく》ということか」

「御意《ぎょい》。詳しいご容態は殿医が直接殿下にお話し申し上げるそうです」

「わかった」

ルシアンは一つ深呼吸をして気持ちを落ち着けると、侍従長を引き連れて国王の寝所へ向かった。

(たしかに父上はもうお歳《とし》だが、つい数刻前まではお元気にしておられた)

そう思い、きゅっと眉《まゆ》を寄せた。来年成人を迎える第二王子の成人の祝典について、就寝前の一刻、国王と少し打ち合わせをしたのだ。国王が日々の激務で疲れているのはいつものことだが、急に危篤状態に陥るような、どんな小さな徴候も見られなかった。

(まさかどこかの刺客に狙《ねら》われたか……?)

急病よりも、そちらのほうがよほど考えられることだ。フランジリア国の領土でもある西の山脈から湧《わ》く水が、河となってフランジリアから他国へと流れている。周囲の国々を含め、フランジリアが水源なのだ。つまり、フランジリアは水に困らない。対して周囲の国々は、フランジリアに最も大切な水を押さえられている。一事が起きれば水を止められるため、迂《う》闊《かつ》にフランジリアに手を出せない。それゆえ国々は水源を領土にすべく、フランジリアに水争いの戦《いくさ》をたびたび仕掛けているのだ。

(だがわたしももう二十五だ。国王に万が一のことがあった場合、ただちにわたしが王位に即《つ》き、国政を執ることは、国王や官僚たちとも合意はできている)

国王の暗殺が成功したとして、すぐにフランジリアを支配下に置けるとは、どこの国も思っていないだろう。それならなぜ？

ルシアンは動揺を隠し、侍従長に尋ねた。

「父上の急変を知っているのは誰だ」

「最初に陛下のご容態の変化に気づいた不寝番の侍従、その侍従より知らされましたわたくし、そして殿医の三名です」

「衛兵には」

「お熱が出たとだけ」

「よし」

うなずいて、国王の寝所に入った。寝台の国王を窺《うかが》う。蠟燭の明かりでも青ざめていることがわかるが、呼吸は安定しているようだ。ひとまず安堵《あんど》して、傍らに控えている殿医に容態を尋ねようとした時だ。

「……殿下」

音もなく部屋に入ってきたのは近衛兵隊長のモリスだ。儀礼どおりに寝台から離れた場所で、礼をした。

「陛下が発熱されたとか」

「ああ、そのことはあとで話す。用件は」

「殿下のお耳に、内密に入れたい所存です」

「こちらへ」

モリスをそばに寄せると、モリスは意識をなくしている国王にきちんと礼を取ってから、ルシアンの耳元で告げた。

「西門の近くの噴水で、女官が一人自害しておりました。女官の部屋にこのような書き置きが」

「……」

悪いことが重なる、と思ったルシアンは、モリスがそっと差しだしてきた紙片を受け取ると、一読して唇を引き締めた。紙片には、長年、王を恋い慕ってきた。ついに気持ちを抑えきれなくなり国王に恋情を告げたが、家族と国民を裏切れないと言われてしまった。妾《めかけ》にしてくれればそれだけで幸せだとも言ったが、よい夫を迎えなさいと言った。国王は優しいから女伯爵の自分を妾にすることをよしとしなかったのだろう。身分の差がつらい。身分違いでなければ国王は自分の思いを受け入れてくれたに違いない。神々の国には身分はないと聞く、だからそこへ行けば、優しい国王と夫婦になれるはず。国王とともに神々の国へ行く。王妃、皇太子、王子には申し訳ないと思う、許してほしい――。

恋文と遺書が混ざったような、気が違ったとしか思えない内容だった。ルシアンは紙片をそっと懐にしまい、モリスに尋ねた。

「この書き置きの存在を知っているのは誰だ」

「女官の部屋を検《あらた》めたわたしだけです」

「この紙片について、他言無用だ」

承知しました、というモリスの返事を聞いて、ルシアンは国王の寝顔を見つめながら考えた。

（たしかに父上は国王、国の頂点に立つ男だが、いつわたしに王位を譲ってもおかしくない老齢だ。そんな年寄りと愛し合いたいと、しかも、この世が無理ならあの世で結ばれたいなどと、若い女が本気で思うものか？）

よしんば思ったとして、こうして実際に国王に手を下し、自らの命を絶つほど思い詰めるだろうか？

納得がいかない。ルシアンは思い、殿医に尋ねた。

「父上の容態はどのようなものなのか。病か、あるいは……」

「陛下のお脈、お顔の色、呼吸と全身のご様子、わずかな時間でここまでお悪くなられたことから鑑《かんが》みますに、毒を盛られたのではないかと推察いたします」

「毒か……」

それならやはり女官の仕業とは考えられない。最初に考えたように刺客だろうか。そう思い、ルシアンは侍従長と殿医に言った。

「国王は疲れが溜《た》まって体調を崩したことにする。王妃と皆にもそのように伝えろ」

「御意」

「一刻後に現状を伝える。官僚たちを集めておくように」

侍従長に命じると、ルシアンはモリスについてくるように言って、腰掛けを立った。

寝所を出て女官たちの部屋がある西の離れへ向かって歩きながら、ルシアンは声を潜《ひそ》めてモリスに言った。

「女官の自害について、詳しく話せ」

「発見したのは警邏《けいら》の兵です。西門近くの噴水で、胸を突いた状態で水に浮いていたということです。短剣は噴水の中にありました」

「それで」

「発見した兵はひとまず女官を引き上げ、すぐさまわたしに報告してまいりました。短剣はわたしが回収し、わたしと兵の二人で女官を部屋に運びこみました。その折、先ほどの書き置きを見つけました」

「ではモリスとその兵だけだな、女官の死を知っているのは」

「さようです。兵には直《ただ》ちに噴水の水を入れ替えるように指示し、わたしは殿下の指示を仰ぎに」

「わかった」

うなずいて、ちょうど到着した女官の部屋に入った。女官の遺体はモリスの言ったとおり、ずぶ濡《ぬ》れの有様で寝台に寝かされていた。そばに寄って女官の顔を検分したルシアンは、若い娘だと思っていた女官が、三十半ばか四十に近い年頃だと知り、これなら国王に懸想してもおかしくはないなと思った。

(それなら本当に無理心中を図ったのか……？　だが状況に無理がある……)

考えながら女官の顔を見つめたルシアンは、おや、と思った。どこかでこの女官の顔を見ている。男性王族の身の回りの世話は、すべて侍従か小姓《こしょう》、つまり男性が行う。女官が侍《はべ》るのは女性王族のみだ。だからルシアンは女官の顔などほとんど知らない。それなのにこの女官の顔を知っている、見覚えがあると思うほどよく見ている。となると、その状況は限られる。王妃づきの女官ということになるが、しかし目の前に横たわる女官は、王妃づきの女官ではないのだ。それならどこで……？

(……あっ)

女官の耳を見てルシアンは思いだした。特徴的な形の耳。蝶《ちょう》の羽のようだと思った耳。これを見たのは……。

(そうだ、十五年も前だ)

ルシアンの実母である前王妃が亡くなる前夜だった。まだ十歳になったかならずのルシアンは、その年頃の男子がよくやる探検ごっこで、深夜、一人で王宮内を歩いていた。警衛の近衛兵の目を躱《かわ》し、自分の部屋のある東の翼から、両親の部屋のある北の翼へと進んでいった。夜間は通路の蠟燭も一本だけにしてあるから、誰も通らない通路はなにか魔物でも出てきそうな雰囲気で、怖いのと楽しいのとで変に胸がドキドキした。北の翼に入り、通路の角からそうっと向こうを覗《のぞ》いた。ここから見えるのはまず母親の寝所だ。病弱とまではいかないが、よく体調を崩していた母は、看護の女官が夜通しそばにつくことも多かった。父親の睡眠の妨げになると憂いた母親は、父親と寝所はべつにしていたのだ。その母親の寝所の前には誰もいなかった。変だな、とルシアンは思った。就寝中は、扉の前から衛兵がいなくなることはない。交代の時も扉の前で行うのだ。それがいないなんて、どうしてだろう……。

考えているうちに、寝所の扉がそっと開いた。ハッとしたルシアンが見つめる先で、中から一人の女官が出てきた。片手に茶器を持っている。変だ、とルシアンは思った。ルシアンを含め、王族の茶器や食器は、卓上に置く時以外、使用人は直接手で持ったりしない。必ず盆やワゴンを使う。あまりにもふつうの女官と作法が違い、ルシアンは不審に思った。女官はそのまま小走りでこちらへ向かってくる。とっさにルシアンは手近の部屋に身を隠し、わずかに扉を開けて様子を窺った。女官が部屋の前を通り過ぎていく。顔が見えた。ほの暗い蠟燭の明かりに照らされ、薄く微笑《わら》っている表情が恐ろしかった。印象的な蝶のような形の耳。ルシアンはわけもわからず息を潜めた。女官のかすかな足音が消えてから、ルシアンはそっと部屋を出た。通路には、もちろん女官の姿はない。

いったいなんだったのか。いるはずの衛兵がいない寝所前。深夜に出てきた、作法のなっていない女官。理由はわからず、ルシアンは怖くなった。こんな真夜中に出歩いているから、見てはいけないものを見てしまった気がした。慌てて自分の部屋へ戻り、魔除《まよ》けの印を切って寝台に潜《もぐ》りこんだ。あれはきっと魔物だと思った。夜遅くなると魔物が歩き回る、だから部屋から出てはいけないと、侍従からよく言われていた。きっとその魔物を見てしまったのだ。忘れようとルシアンは思った。魔物を見てしまったことなど、誰にも言ってはいけないと思った。

そして夜が明け……、ルシアンは母親の急死を知らされたのだ。

(そうだ、あの時の女官だ……)

間違いない。ルシアンは女官の死顔を見ながら確信した。あの時は母親の死という大きな衝撃に見舞われて、深夜に見た不審な女官のことなど頭から消えていた。今まで思いだしもしなかった。ルシアンはゆっくりと奥歯を噛《か》みしめた。

(父上が何者かに毒を盛られ、同じ夜にこの女官が自害した……)

そしてこの女官は、十五年前、恐らくは母親が亡くなる直前に、当の母親の寝所から出てきた。母親の死因は心臓の発作だと聞かされている。日頃から伏せることの多かった母親だから、誰もその急死を不審には思わなかった。ルシアンもだ。

(だが……)

ある種の毒物を用いれば、人為的に心臓の発作を起こすことは可能だ。父親が毒を盛られた今宵、考えれば考えるほど、不愉快な事態が想定できる。

「……モリス」

しばし考えたのち、ルシアンは低い声で言った。

「モリス・ヤンセン近衛兵隊長。おまえの忠誠はどこにある」

「はっ、陛下と我が国の下に」

「陛下と我が国に害をなさんとする者が、たとえばわたしだったらどうする。たとえばおまえの父親だったら、母親だったら」

「陛下と我が国のために、ためらわず職務を実行いたします」

「職務とは」

「害をなさんとする者を捕らえ、牢《ろう》に収監します。そののち陛下のご判断を仰ぎます」

「わたしに刃《やいば》を向けられるのだな？　おまえの父母にも。父祖王に誓えるか」

「誓えます」

迷いもなくモリスは答えた。ルシアンはふうと息をこぼすと、わずかに緊張を解いてモリスに言った。

「ありがとう。おまえの忠誠を試すようなことを言って悪かった」

「いいえ。なにかお考えがあってのことだとわかっております」

実直なモリスの言葉を聞いて、今度こそルシアンは緊張を解いて言った。

「この女官はいつから王室に仕えている。その前はどこに仕えていた。出自は」

「申し訳ありません、わたしにはわかりかねます。が、宮殿内で女官が自害したのですから、近衛兵としてしかるべく調査いたします。女官につきましても、のちほど殿下にお知らせできるかと」

「心得ていると思うが、女官の書き置きについては一切伏せるように。女官の死と父上の体調不良を関連づけるような報告は、決して上げてくるな」

「承知しております」

簡潔なモリスの答えにうなずき、ルシアンは、女官の胸の間、急所を一突きしてある傷口を見つめながら、まるで独り言のように言った。

「もしこの女官が、心中をしてでも国王を自分のものにしたいと思っていたとしたら。なぜ、国王のそばで、国王に含ませた毒と同じ毒を含まなかったのだろうな。今際《いまわ》のきわまで手を取り、ともに最期を迎えたいとは思わなかったのだろうか」

「殿下……？」

「おかしな話だな。国王が息を引き取ったかも確認せず、己の命をかけるほど情を寄せていた国王から離れ、衛兵が歩き回っている庭で命を絶つとは。剣など扱ったこともない女官が、急所を一突きできたというのも、また幸運な偶然なのだろうな。一瞬で絶命して噴水に落ちた。それはわかる。だがこの女官は、絶命したのち、自ら胸の短剣を抜き、全身の血が速やかに泉水に流れでるように工夫をしたことになる」

「殿下……っ」

ルシアンの思惑に気づいたモリスが愕然《がくぜん》とした表情を浮かべた。ルシアンはモリスを振り返り、冷徹な表情で言った。

「なぜ女官が父上の寝所に入れたのか、当夜の衛兵に事情を聞かねばならない」

「すぐに…っ」

「それから、モリス。近衛兵で、おまえと同じほど、絶対に信用のできる者を選んでおけ。王宮の兵は、もはや全員を信頼できるとは言えなくなった」

モリスは厳《いか》つい顔を引き締めると、シルアンに礼をして足早に部屋から出ていった。ルシアンは疲れたようにため息をこぼし、国王の寝所へと戻った。

フランジリア王国の東南部、ロワージュ州。

寒暖の差が激しい気候と水はけのよい土地の特性から、ブドウの産地として名高い。名産品も特産のブドウを使ったブドウ酒だ。州都クレニエも例外ではなく、町から一歩出ると、見渡す限りブドウ畑が広がっている。今は冬と春の境目といった時期で、まだ葉芽も膨らんでいない裸のブドウたちが寒そうに並んでいるだけだ。けれどなだらかな丘がどこまでも連なっているので、春になって芽吹いてからは、冬の落葉寸前まで、ブドウの垣ごとに様々な色が広がって、パッチワークのように美しい景色《けしき》を見ることができる。

この、思わず深呼吸をしてしまう穏やかで美しいロワージュ州は、そのほとんどが領主であるヴェーリンデン侯爵のものだ。州の九割の人口を占める農民は、侯爵の土地を借りてブドウを栽培している、いわゆる小作人だ。けれど旗騎士――戦になったら、先頭に立って領主を守るために戦うことを誓い、その見返りに私有地を持つことを許されている家もある。

クラーラの生まれたクレセンス家は、その旗騎士だ。

そして町を囲む丘のてっぺんにあるクレセンス家のブドウ畑が、このクレニエでは一番よい土壌で、最良質のブドウを収穫することができるのだった。

その朝、クラーラはいつものように、スープのよい匂《にお》いで目を覚ました。

「今日もいい天気」

寝台を飛び下りて窓の掛布を開けたクラーラは、早朝の靄《もや》が、朝日に橙色《だいだいいろ》に照らされている様子を見てほほ笑んだ。てきぱきと寝間着を脱ぎ、ゆったりしたズボンと、同じくゆったりした膝上《ひざうえ》まであるシャツを着ると、腰を好みの細帯できゅっと縛った。裕福な農民男性の、これが日常着だ。それから、光の加減で金色にも薄茶色にも見える長い髪を一本にして編む。これも、成人前の羊飼いやミルク売りの少年の髪型だ。クラーラは生まれてから今まで、女の子の格好をしたことがない。

朝の身支度を整えて食堂へ下りると、母親が茹《ゆ》でたての芋《いも》を潰《つぶ》しているところだった。

「お母さん、おはよう」

「おはよう、クラーラ。食器を並べてくれる?」

「はーい。あ、お父さん、おはよう。お兄ちゃんたちも」

「おはよう、クラーラ」

「おはよう、チビ助」

チビ助と言ったのは二人いる兄たちだ。からかわれたクラーラは、たちまち頰《ほお》を膨らませた。

十七歳のクラーラは、水色の瞳《ひとみ》を持つ可憐《かれん》な女の子だ。小さな顔に、可愛《かわい》らしい鼻と、バラ色の愛らしい唇が載っている。首も腕も足も細く、華奢《きやしや》という言葉がぴったりくる。加えて背丈も小さいので、男子の格好をしていると本当に十四、十五歳くらいの少年に見える。

クラーラは食卓に皿を並べながらムッとして兄たちに言った。

「チビじゃないわ、今成長しているところだものっ」

「聞いたかアーサー、成長してるんだってさ」

「聞いたよ、テオ兄さん。けど、十七ならだいたい成長しきってるよな」

「だよな。つまりクラーラは、チビ助だ」

「そう、チビ助クラーラ」

兄二人は小さな妹をからかってにやにやと笑う。それでいて、クラーラが転んで足をくじいたり、料理の最中にナイフで手を切ってしまったりすると、それはもう大騒ぎをしてクラーラを医師の家へ運びこんだりするのだ。クラーラも兄たちから愛されていることはわかっているが、それでも面と向かってチビ助と言われると気分がよくないのだった。

豊穣の神への祈りを捧《ささ》げ、家族五人、揃《そろ》って朝食をとる。不思議なのは、父親も母親も兄たちも、給仕をしている家事手伝いの女中も、誰もクラーラが男の子の格好をしていることを不思議に思わないことだ。むしろ、当たり前といった感じなのだっだ。母親も女中もスカートを穿《は》いている。クラーラだけが女の子なのに男の子の格好をしているのだ。

父親が潰した芋を口に運びながら言った。

「来週、ルシアン皇太子殿下がこの町に到着なさるそうだ」

「あ、国内視察の旅ね？」

パッと顔を明るくしたクラーラが言うと、うむ、と父親がうなずいた。

「クレニエが最後の視察地だな」

「それなら皇太子殿下のお顔を見られる？　噂《うわさ》では、すっごく素敵だってっ。拝見するのが楽しみっ」

クラーラは胸をときめかせた。なにしろ皇太子はこの田舎町《いなかまち》クレニエから遠い遠い王都、大都会からやってくるのだ。町の仕立屋で見せてもらった王都流行の服の意匠や、こんな田舎町にはまず巡業に来てくれない有名歌劇団の、花形役者の姿絵などを思い浮かべ、きっと皇太子は華やかな服に身を包んだ、役者のように美しい顔をした男なのだろうと思った。皇太子の顔など、一生に一度、見られるか見られないかだ。王族に対して不敬だとはわかっているが、目の覚めるようなとか、一目で心を射貫かれるようなとか、そう評される皇太子を見てみたくてたまらない。たちまち浮き足立ったクラーラに、父親が顔をしかめて言った。

「クラーラ。殿下は遊びでクレニエにいらっしゃるわけではないんだぞ」

「あ……、ごめんなさい……」

たちまちクラーラはしゅんとした。そうだったわ、と反省する。

(国王陛下がご病気で伏せっているって、お父さんから聞いていたのに……)

それに町の人たちの噂では、今回の国内視察も、万が一を考えて……つまり、国王が崩御された時のことを考えて、それまでに自分の目で国内の情勢を見ておくためだろう、ということだった。そしてたぶん、そのもしもの時は、そう遠くではないのではないかという噂も耳にした。

(皇太子殿下にとって国王陛下はお父さんだもの。お父さんが重病の時にそばについていられないなんて……、自分のつらい気持ちよりも国のことを考えて視察に出なくちゃならないなんて……)

すごく可哀相《かわいそう》、とクラーラは思った。皇太子は……というよりも王族は皆、悲しいとかつらいとかいう気持ちよりも、まず国の安定のことを考えなくてはならないことくらい、クラーラもわかっている。

(たとえお父さんが死にそうでも、生きてほしいと祈るより、死んだあとのことを考えなくちゃならないのね……)

それが皇太子、次の国王になる者の務めだとは思う。思うけれど、やっぱり苦しくて耐えがたいことだろうと思うのだ。

皇太子の気持ちを想像して小さなため息をこぼした時、長兄のテオが、真面目《まじめ》な表情で父親に言った。

「殿下がこの町を最後の視察先に選んだことに、意味はあるのでしょうか」

「そうだな……、殿下のお考えなどわたしにわかるはずもないが、第二王子のミラン殿下が、来年成人を迎えられることを考えると……」

「そうですね……」

父親は言葉を濁したが、長兄は父親の考えがわかるのか、同意した。二人がなにを話しているのかまったくわからないクラーラは、無邪気に口を挟んだ。

「お父さん、どうしてミラン殿下が来年成人なさるからって、皇太子殿下の視察の最後がこの町なの？」

「子供は知らなくていいの」

思いきりからかう口調で答えたのは次兄のアーサーだ。またしても子供扱いされて、クラーラは憤慨してアーサーを睨《にら》んだ。

「わたしはもう十七よっ、子供じゃないわっ」

「へえ？　どこもかしこも小さいくせに。特に胸なんかぺったんこだ。それが子供じゃなくてなんなんだい」

「ひどい、アーサー!!」

それはクラーラが一番気にしていることだ。顔を真っ赤にして兄を怒ると、父親も、そういうことでからかうんじゃないと兄を叱《しか》ってくれた。まだ成長してるんだもの、これから大きくなるのよ、と、背丈のことなのか胸のことなのかわからないが自分に言い聞かせ、クラーラはぷんぷんしたまま朝食を終えた。

「ごちそうさまっ。わたし、散歩に行ってくるっ」

食器を台所に運ぶクラーラに、母親が言う。

「散歩はうちの敷地の中だけよ？　町へ行ってはいけませんよ？」

「はい、わかってます。いつもブドウ畑をマノンと歩くだけよ」

行ってきます、と家族に言い、クラーラは家を出た。

家のすぐ前は花壇と、イチゴやブルーベリーを育てている小さな果物畑がある。自家用の野菜類は家の裏手の広い畑で栽培しているので、家の前の果物畑は花の可愛らしさや果実の美しさを愛《め》でる、言ってみれば花壇の延長のようなものだ。今はイチゴの収穫期で、朝日に照らされた真っ赤な果実がとても綺麗《きれい》だ。

「今日はお母さんにイチゴのパイを焼いてもらおう」

イチゴの蜜煮《みつに》がたっぷりと入ったサクサクのパイはクラーラの大好物だ。

その果物畑の向こうは、柵もなにもなく、いきなりブドウ畑になっている。朝も早く、まだ晴れない靄が畑を流れていく様子は、なんとも幻想的な眺めで、毎日見ているが飽きることがない。クラーラはご機嫌で、最近流行《はや》りの歌を小声で歌いながら歩いていった。クラーラの家の畑は町で一番の高所にあるから、右手を見ると靄の中に町が一望できる。家々のかまどから立ち上る煙を見ると、皆朝食の支度をしているのだと思って、なぜかクラーラは嬉《うれ》しくなってしまうのだ。深呼吸をしてゆっくりと自分の住む町を眺める。街並みから左へ視線を巡らせていく。畑の中にぽつんぽつんと建っているのはブドウ酒醸造所。それよりもうんと小さい建物は見張り小屋。さらに左を見ると彼方に国境の山脈が見え、もっと左を見ると……。

「……っ」

それを見て、クラーラはゾッとして慌てて視線を前に戻した。畑の左手には、丘の下を流れているからここからでは見えないが、山脈から続くヴィーニエ河の支流のミニヨン川が流れている。そのミニヨン川の向こう……小高い山のてっぺんに建っているのは、ロワージュ州領主・ヴェーリンデン侯爵の居城だ。

(……怖い……)

クラーラは未《いま》だかつて侯爵の顔を見たことすらないが、向こうの城から侯爵に自分のことを見られている気がして、恐ろしくて身ぶるいした。

(侯爵は本当に、若い女性の生き血を飲んでいるのかしら……)

クラーラが生まれる前からずっと、この町で囁《ささや》かれている噂だ。現領主ヴェーリンデン侯爵は、老いないために、人より長く生きるために、若い女性の生き血を飲んでいるのだという。侯爵の私兵が前ぶれもなく城からやってきて、町で目についた未婚の若い女性を攫《さら》っていくのだと。

「信じられないけど、でも……」

現にクラーラは、男の子の格好をして、自分が女の子だとは知られないようにしている。名前だって幼い頃はクラールスと、男児名で呼ばれていた。

「そう、わたしがまだ小さい頃……」

七つか八つの頃だった。母親も女中も素敵なスカートを穿いているのに、なぜ自分はズボンしか穿けないのか。綺麗な色のレースのついたスカートを、自分だって穿きたいとさんざん母親にねだった。母親は悲しそうな申し訳なさそうな表情で、クラーラがもっと大きくなったらね、とそう言って、決してスカートを穿かせてはくれなかった。母親とともに町へ行けば、同じ年頃の女の子たちは皆、可愛いスカートを穿いていたのだ。羨《うらや》ましくて、どうしてみんなスカートを穿いているのに自分は穿けないのかと、しつこく母親に食い下がった。母親はやはり困った表情で、あの子たちはみんな、もう少し大きくなったらよその町へ働きに行くからだと教えられた。クラーラはわけがわからなくて、働きに行かない女の子はスカートを穿いたらいけないのかと聞いた。母親はふっと厳しい顔つきになり、この町にいたいなら、スカートを穿いては駄目、と、はっきりとクラーラに言ったのだ。

「でもわたしは、どうして諦《あきら》められなかったのよね……。だってズボンとスカートじゃ全然違うもの……」

地味なズボンと、綺麗な色や柄、レースがついていて、歩くとふわふわと裾《すそ》が揺れるスカートでは、比べるのも馬鹿らしいくらいにスカートが素敵だ。どうしてもスカートが穿きたくて、裾を持ってくるって回ってみたくて、クラーラは母親がお菓子を焼いている隙《すき》に、こっそりと母親のスカートを穿いてみた。もちろん大きさが全然違うから、ズルズルと裾を引きずってしまう。けれどそれが、まるでお姫様のドレスのように思えて、クラーラは嬉しくなって、そのまま外へ飛びだした。

生まれて初めてのスカートが嬉しくて、浮かれてクルクル回りながら畑の中の小道を進んでいたところを、クラーラの家で雇っている小作人に見つかった。小作人は血相を変えると、クラーラを抱き上げて家まで走って連れ戻したのだ。

無音の悲鳴というものをクラーラその時初めて聞いた。両親も、駆けつけた兄たちも、皆息を呑み、声には出さずに胸の内で悲鳴をあげていたと思う。母親は青を通り越して白くなるほど顔色を変えてクラーラを抱きしめた。父親も青ざめて小作人に何度も何度も礼を言っていた。兄たちは侯爵の私兵がいないか見てくると言って家を飛びだしていった。自分がとんでもなく悪いことをしてしまったのだと思ったクラーラは、後悔と恐怖で大泣きをした。

そうしてその夜、黙ってスカートを穿いて、さらには外に出ていったことをぎっちりと叱られたクラーラは、なぜ女の子なのにスカートを穿いてはいけないのか、その理由を父親から聞いた。クラーラももう大きくなったから、話せばわかるだろうと話し始めた。

『領主様のお城の周りにある森には、恐ろしい魔物が住んでいるんだ。その魔物は、人間の女の子が大好物なんだよ。だから魔物はお腹《なか》が空《す》くと、人間に化けて町にやってきては、女の子を連れ去っていくんだ。連れ去られた女の子は魔物に食べられてしまって、もう二度と帰ってはこられない。だからお父さんもお母さんも、町の大人たちも、みんな女の子に男の子の振りをさせている。どうしても男の子の振りをしたくない子や、できない子は、働ける歳になったらよその町へ働きに行くことで、森の魔物から逃げているんだ。クラーラも、町ではクラーラより大きな女の子たちがいないことは知っているだろう？　大きな女の子たちはみんな、魔物に食べられてしまったか、よその町へ逃げていったから、だから町には大きな女の子がいないんだよ。だからクラーラもお嫁に行くまでは絶対に、女の子だとわからないようにしなくちゃいけない。もしも魔物に女の子だと知られてしまったら、今度はクラーラが連れていかれてしまうからね』

話を聞いて、もちろんクラーラはふるえ上がった。たしかに町には自分と同じような子供か、お母さんのように結婚している女の人しかいない。自分より少し年上のお姉さんや、結婚にちょうどいい年頃のお姉さんは見かけない。みんな魔物に食べられてしまったのだと信じたクラーラは、怖くて泣きながら、もう絶対にスカートは穿かない、家でも外でも男の子になる、と両親に約束したのだった。

「…本当はそうじゃないって、今はわかっているけど……」

成長するうちに、魔物というのは侯爵のことだということに気づいた。町へ買い物に出た時に、大人たちがこそこそ話しているのを何度も耳にしたことがあるのだ。どこそこのお嬢さんが侯爵の私兵に連れていかれた、と。そうして二度と帰ってはこなかったのだと。魔物は……侯爵は、歳を取らないために、長く生きるために、若い女性の生き血を飲んでいるのだと。

「お父さんやお母さんには、ちゃんと聞けないでいるけど……」

なんとなく、聞いてはいけない気がするのだ。まるで自分だけは侯爵に攫われないと思っているようで、連れていかれた女の子たちの話はまったくの他人事《ひとごと》だと思っているようで。

「侯爵は人間だけど、でも、怪物だわ……」

町の皆は娘を侯爵に取られることを恐れて、男の子の格好をさせたり、それが無理になると遠くの町へ働きに出したり、あるいは早々に結婚をさせたりしている。その結婚も、若い女性が町にいたのだと侯爵に知られたくないから、表だって結婚式を挙げる者もいなくなってしまった。このままではこの町は駄目になってしまう気がして、クラーラはとても怖かった。

「…こんなことを考えたらいけないんだろうけど、早く、できるだけ早く、侯爵に隠居してもらいたい……」

侯爵は結婚をしていないから当然跡継ぎはいない。だから侯爵が隠居してくれたら、きっとどこかの親戚が侯爵の跡を継いでくれるだろうし、そうしたらこの町はふつうの平和を得られるのではないかと思う。そう、女の子がスカートを穿いて、堂々と街中を歩ける、そんなふつうの町に。

「……」

はあ、とため息をこぼして畑の中の小道を歩いていたクラーラは、いつもだったらとっくに出会っている友達のマノンが、まだ来ていないことに首を傾《かし》げた。

「風邪でも引いたのかな……」

季節の変わり目だから、このところ気温の変化が激しい。もしも風邪だったらイチゴを摘《つ》んでお見舞いに行こうと思い、うつむいていた顔を上げたクラーラは、マノンの父親がこちらへ歩いてくる姿を認めた。

「おはようございます、ゴッチさん。今日はマノンは？　風邪でも引いたんですか？」

「クラーラお嬢さん…っ」

ゴッチはクレセンス家の畑で働いている小作人だ。数日前にも会っているが、なんだか急に老けこんでしまったように見える。なにがあったのかしらと眉を寄せるクラーラに、ゴッチは涙を浮かべて答えた。

「マノンは、マノンはもう、ここには来られません…っ」

「あの…、どういうことですか……？」

「マノンは連れていかれた…っ、連れていかれてしまったのです、侯爵に…っ」

「……」

あまりの衝撃でクラーラは言葉も出なかった。ゴッチは、今まで仲良くしてくださってありがとうございましたと、深々とクラーラに頭を下げ、畑仕事に向かった。クラーラの体は小さくふるえた。娘を連れ去られたばかりなのに、いつものように畑仕事にかかるゴッチが……、日常のことをやらなければ、それをやるしかないゴッチが、どうしようもなく不憫《ふびん》で。

クラーラはぎゅっと唇を噛むと、力が抜けそうになる足をしかりつけて家に戻った。台所にいた母親の背中に抱きついて、そこでやっと声をあげて泣いた。

「クラーラ？　どうしたの、いったい」

「……マノン…っ、マノンが…っ」

「ゴッチさんのところのマノン？　あの子がどうしたの」

「つ、連れていかれた……っ、侯爵に……っ」

「……なんですって……、本当なの、クラーラ？」

「は、畑で、ゴッチさんに、会ったの……っ、マノン…っ、マノンは、どうして来ないのかってつ、風邪、引いたんですかって聞いたら…っ」

「……」

母親はきつくクラーラを抱きしめてくれた。ワンワン泣くクラーラの頭を優しく撫でて落ち着かせてくれながら、やはり母親も動揺しているのか、クラーラに聞かせるべきではないことを口走った。

「ああ、いったいどうしたら……、これまで農民の娘を連れ去ったことなどないのに……」

「……っ!?」

「お父さんに、相談しないと……」

母親に慰められながら、クラーラは新たな衝撃を受けていた。侯爵は身分で女の子を選んでいた……、それは生き血を身分で差別していた、命に上下があるという考え方だ。その考え方に、恐ろしさと同時にお腹がカッと熱くなるほどの怒りも覚えた。高貴な女性の命も、農民の娘の命も、同じくらい尊いのに。けれど魔物のような侯爵をどうすることもできず、ただ悔しくて、クラーラは強く奥歯を噛みしめた。

母親はクラーラを一層強く抱きしめると言った。

「とにかく、とにかくクラーラは家の敷地から出てはいけませんよ。一人で町へ行ってもいけません。我が家の敷地は我が家の私有地、侯爵の私兵も許可なく好き勝手はできないから。いいわね？」

「はい、絶対に敷地の外へは行かないわ」

ぐいと涙を腕で拭《ぬぐ》って、クラーラはしっかりとうなずいた。クラーラ自身はもちろん、身近な人が侯爵の城へ連れていかれるなんて想像もしていなかった。ずっとどこかで他人事だと思っていた。

(なのに、マノン……っ)

身近な友達が連れ去られたという現実を前にして、クラーラはやっと、自分たちの領主が、すぐそこに住んでいる領主が、乙女の生き血を飲む怪物なのだと実感したのだ。ふるえる体を自分の腕で強く抱きしめた。

家中がぴりぴりと緊張していた。不機嫌だったり、些細《ささい》なことで怒ったりということはないが、外でなにか音がすると、皆ビクッとして腰掛けを立つ。両親も兄たちも、もちろんクラーラも、侯爵の私兵がクラーラを連れに来るのではないかと、それを恐れているのだ。

その晩の夕食時、皆押し黙って食事をとっていたが、次兄のアーサーがぽつりと言った。

「絶対にクラーラを城へはやらないからな。死んでもクラーラは守るからな」

「……駄目。死ぬなんて言わないで」

クラーラは静かに答えた。自分を愛してくれる兄の言葉は嬉しいが、だからこそ自分のせいで命を落としてほしくないのだ。アーサーがクラーラに生きてほしいと思うのと同じだけ、クラーラもアーサーに生きてほしい。二人のやりとりを聞いていた父親は、ふ、とため息をこぼすと、おもむろに口を開いた。

「こうなったら早々に、クラーラをおまえの里へ行かせるほうがいいかもしれない」

父親が母親に言った。母親は隣の州、アンテールの出身で、前王妃を輩出したルメール侯爵家の旗騎士、エルマン家の娘だ。母親もゆっくりとうなずいた。

「クラーラをお嫁に出すまではと思っていましたけれど……」

「それはわたしも思っていたさ。だが、こうなっては家の中に隠しておいても、安心だとは言えない……」

「ええ……」

父親はますます表情を固くし、母親は潤んだ目を隠すように顔を伏せた。マノンが連れ去られたとわかった日から、家族が集まるとこんな話ばかりしている。そういう時クラーラは、黙ってうつむくばかりだ。本心を言えば、クラーラは家族と離れたくないのだ。けれど侯爵に見つかって、生き血を取られて死ぬのはもっといやだ。

（お母さんたちと離れるって言っても、一生会えなくなるわけじゃないもの。わたしはこっちに戻れないけど、お母さんたちはきっと会いに来てくれるし……）

町の女の子たちは逃げる手段として働きに出ているのだ。それを考えれば、伯母《おば》の家でこれまでどおりに家の手伝いをして、勉強をして、そうしていつか好きな人を見つけて、式だって挙げられる結婚ができる自分はとても恵まれているとわかっている。

（魔物のような侯爵さえいなければ……）

いつも思う。自分たち家族も、ほかの家族も、そしてもちろん連れ去られた女の子たちや、女の子たちの家族もふつうに幸せな暮らしが送れたはずなのに、と。

クラーラがため息を呑みこんだところで、父親が意を決したように言った。

「やはりクラーラを逃がすのは、皇太子殿下が我が町へおいでくださった日がいいのではないかと思う」

「お父さん、わたしもそう考えていました」

長兄のテオが難しい表情で同意した。

「やはりお父さんも、殿下がおいでになった日は、侯爵もほかに目を配る暇はないとお考えでしたか」

「ああ。なにより城の警備で私兵が町へ下りてくることもないだろうし、侯爵自身も殿下をもてなさなければならない。自分のことどころではないだろう。わたしたちや町のことなど気にもしないに違いない」

「ではやはり、殿下のご来訪に乗じて……」

「それが一番いいだろう。クラーラにとっても」

ゆっくりと噛みしめるように父親が言った。クラーラが皇太子来訪の夜に町を抜けだすことが、これで決まった。うつむいて両手をぎゅっと握りしめるクラーラに、心配するな、とアーサーが言った。

「クラーラは小さい頃から男の振りをしてきたんだ、馬にだって立派に乗れるじゃないか。無事に逃げられるさ」

「そうだぞ、クラーラ。心配することはない」

テオも励ますように、笑顔で言った。

「俺が一緒に行くんだ、一人じゃないんだから。怖がることはなにもないぞ、クラーラ。薪《まき》売《う》りの振りをすれば朝早く町を通っていたって、誰も不思議には思わないから」

「……うん」

「町を出たら、そのあとは馬に乗って一気に駆けるんだ。それだけだよクラーラ、心配いらないさ。朝の森を馬で駆けるのはきっと気持ちがいいよ。あっという間に伯母さんの家に着いてしまうさ」

「うん……」

テオが一所懸命励ましてくれるが、クラーラはどうしても家族と離れることが寂しくて、元気なくうなずくことしかできなかった。父親も、大丈夫だ、とクラーラを励ました。

「テオがついているんだ。なにも怖いことはないよ、クラーラ」

「はい……」

「ともかく、皇太子殿下がこの町に到着されるまで、あと数日しかない。クラーラは持っていくものをまとめなさい。たくさんは持っていけないよ、最低限の着替えと、ほんの少しの大事なものだけにしなさい」

「はい、わかりました……」

我慢しようと思ったのにできなくて、クラーラはぽろりと涙を落としてうなずいた。

部屋に戻り、言われたとおりに少しの着替えと、どうしても持っていきたい大事なものを選ぶ作業に取りかかった。母親からもらった首飾り、父親からもらったお守りの指輪。テオが削って作ってくれた櫛《くし》に、アーサーが河で見つけて磨いてくれた、真っ青な石……。

「……行きたくない……」

宝物を握りしめてクラーラはこっそりと泣いた。けれど侯爵に見つかって殺されるのはいやだし、自分を隠していたことで家族が処罰を受けるのもいやだ。クラーラが伯母の家へ行くのは、クラーラのためだけではないのだ。泣き言なんか言っている暇はないわ、と心を奮い立たせても、次の瞬間にはやっぱりみんなと離れたくないと思い、涙がにじむ。クラーラの気持ちはめちゃくちゃに乱れた。

そうしてとうとう、皇太子がやってくる日を迎えた。

「いいわね、クラーラ。お母さんたちが戻ってくるまで、決して家から出ては駄目ですよ?」

「うん、わかってる。皇太子殿下のお顔を見たら、どれくらい素敵だったか、あとで教えてね」

クラーラは明るく言った。家族は皆、町の人たちと一緒に、目抜き通りで皇太子一行を歓迎する出迎えに駆りだされているのだ。クラーラの家と、もう一つの旗騎士は、城に一番近いところで一行を出迎えることになっている。つまり侯爵の目につきやすい。万一のことを考えて、クラーラは留守番することになったのだ。

着飾った家族が出かけていき、一人になったクラーラは、部屋で明日のことを考えていた。

「夜明けと同時にテオ兄さんと薪売りか、ミルク売りの振りをして町を出る……」

そんな早朝に侯爵の私兵が女の子を探しに町を歩いているはずがない。そう思うけれど、もしも見つかってしまったらと思うととても怖い。

「だってこれまでも、侯爵に娘を召された家族が、返してくれない娘のために、侯爵をなんとかしてほしいって言いに王都へ直訴《じきそ》に向かったけど……」

どの家族もそれきりいなくなってしまったのだ。直訴に向かった父親だけではなく、家に残った家族まで、丸ごと町から消えてしまったことが何度もあった。誰も表だっては言わないが、全員侯爵に殺されてしまったのだとわかっている。

「今日、せっかく皇太子殿下が町に来てくださるのだから、わざわざ王都まで直訴に行かなくても、殿下に訴えることもできるけど……」

たとえ皇太子に窮状を訴えることができたとしても、そのあとが怖いとクラーラは思う。皇太子はずっとこの町にいるわけではないのだ。すぐに王都に戻ってしまう。皇太子が帰ってしまったあと、訴えた人たちがどうなるか、考えるのも恐ろしい。

「きっとみんなもそう思っているわよね……」

侯爵が領主として城にいる限り、誰にもどうしようもないのだ。これで明日の朝、自分が町から逃げだすところを見つかったらと思うと、自分も含めて、家族にどんな仕打ちをされるか。考えただけで体がふるえてくる。家族のために、絶対に見つからないように逃げよう。クラーラは気持ちを強く持とうと努力した。

朝のうちに出かけていった家族は、なかなか戻ってこない。皇太子の一行が遅れていて待たされているのかもしれない。夜明けに逃げることを考えると不安で不安で、じっとしていられなくて、クラーラは女中を手伝って昼食の準備をした。家族が帰ってきたのは、お昼時を過ぎた頃だった。

「お帰りなさいっ。お昼もうできてるの、食べようっ」

皆、ぐったりとまではいかないが、疲れた表情をしている。あの魔物……侯爵を見てしまったのかもしれないと思った。みんなの気持ちを切り替えようと、クラーラがわざと明るくそう言うと、みんなもハッとしたように笑みを作ってうなずいた。母親がきゅっとクラーラを抱きしめた。

「クラーラも手伝ったの？」

「そうよ、スープはわたしが作ったのっ。サルマも褒めてくれたのよっ」

サルマとは家事手伝いの女中のことだ。ね？　という具合にクラーラがサルマを見ると、サルマはばっちりですよというふうにうなずいてくれた。

家族揃って遅い昼食をとったが、みんなスープを褒めてくれるものの笑顔はその場限りで、すぐにうつむいてつらそうな表情になってしまう。明日の夜明けにはクラーラは町を出る……そのことが、家族みんなの気持ちを憂鬱《ゆううつ》にしているのだと思ったクラーラは、食事の時だけでも明るくしなくちゃと思い、わざと笑顔を作り元気のいい声で尋ねた。

「そうだ、お父さんっ。皇太子殿下はどんなかただったの？」

「うん？　とてもご立派なかただったよ。堂々と馬に乗っていらして、町の皆にもよくお顔を向けてくださった」

うんうん、と父親がうなずく。クラーラは今度は母親に顔を向けた。

「お母さん、殿下は素敵なかただった？　美男子だという噂は本当だった？」

「本当よ、すごい美男子だったわよ。お母さん、あんなに綺麗な男の人を見たことないわ。まるで戦いの神がそこにいるみたいだったわよ」

「そうなんだぁ……」

曖昧《あいまい》にうなずいたクラーラの頭の中には、子供向けの経典に描かれていた、丸きり熊のような戦いの神の姿が浮かんでいる。あれのどこが美男子なのかしら、お母さんの思う美男子ってよくわからない、と思ったクラーラは、念のために兄にも聞いてみた。

「アーサー、本当に殿下は美男子だった……？」

「ああ、本当だよ。男の俺も唖然としたほどの美男子だ。まさに軍神のようだったな。お母さんと同じような暗い金髪だったから、王妃に似たんだろう。あの髪色はアンテール地方の特徴だからね」

「殿下はお母さん似なのね」

そうなんだ、と思ったクラーラは、壁にかけてある国王夫妻の姿絵を見た。

「王妃殿下はすごく若いわよね。三十歳を少し過ぎたくらいにしか見えないわ。すごくお若い時に皇太子殿下を産んだのね。でも髪の色は金髪じゃないわよ？」

「クラーラ、今の王妃殿下は後妻だよ」

アーサーが素っ気なく言った。

「皇太子殿下のご生母は、前王妃だ。クラーラがまだ赤ちゃんだった頃に逝去《せいきょ》されたんだ」

「そうだったの!?　じゃあもしかして皇太子殿下と王妃殿下は、姉弟と言ってもおかしくないくらい歳が近いのねっ」

クラーラは無邪気に驚いたが、アーサーも、ほかの家族も皆、うなずくくらいしか答えてくれない。あ、とクラーラは思った。理由はわからないけど、今の王妃と皇太子のことは、話題にしてはいけないことなのだと察した。

（義理の母子だから、なにかあるのかもね……）

そういうところは王族と庶民でも同じなのかも、と思った。

なるべく楽しい食卓にしようと家族全員で気を遣ったが、これおいしいねとか、それもおいしいとか、食事のことしか話題がなくて、ものすごく奇妙な雰囲気のまま昼食は終わった。

これじゃいけない、夕食はお葬式みたいになっちゃうと思ったクラーラは、なんとか楽しい話題を今から見つけておこうと思った。みんなの食器を台所に下げていると、母親が言った。

「クラーラ、パイを焼くからイチゴを摘んできてくれない？」

「イチゴのパイを作ってくれるの!?　楽しみっ、たくさん摘んでくるねっ」

この季節にしか食べられない大好物のイチゴのパイだ。クラーラは母親が笑うほど顔を輝かせて果物畑に飛びだしていった。

果物畑の前にしゃがむと、熟れて真っ赤になっているイチゴを丁寧に摘んで、台所から持ってきた小さな籠《かご》に入れていく。

「これはまだ熟れていない、こっちは明日が食べ頃……」

そう思ったところで、明日には自分はこの家にいないのだと思って、胸がギュッと痛んだ。

「寂しいのはきっと、最初の一週間くらいよ……」

それを過ぎれば馴《な》れるはずだと思う。自分よりずっと年下の女の子たちだって、みんな侯爵から逃げるために町を出ているのだ。働くわけでもなく、親戚の家で、これまでと同じように何不自由なく暮らしていける自分は幸せだ。

「そうよ。寂しいとか贅沢《ぜいたく》言ったら駄目。わたしはもう十七歳なんだから」

もう成人を迎えた立派な大人なのだ。しっかりしなくちゃ、と自分を奮い立たせた。

(でも、怖いことには変わりない……)

そう。町から無事に逃げられるのか。それがとても怖い。

「……いっそ、髪を切ってしまおうかしら……」

今は羊飼いの男の子がよくやるように、一本の長い三つ編みにしている。アーサーがよくからかってくるように、クラーラはどこもかしこも小さい。こうして男の子の服を着ていると、本当に男子に見える。けれど兄のように髪を短くすれば、もっともっと男の子らしく見えるし、侯爵の私兵に見つかる心配も減ると思うのだ。

「でも、髪には魔除けの力があるから、女の子はなるべく切らないようにってお母さんから言われてるし……」

隣の町までは森や山の中の道を抜けていくのだ。魔物に襲われるかもしれないから、魔除けの髪は切らないほうがいいかもしれないとも思う。魔物のような侯爵と、本物の魔物。どちらも怖い。どうしよう……。ぷちん、ぷちんとイチゴを摘みながら考えこんでいると、馬の蹄《ひづめ》の音が聞こえた。父親か兄が、逃げるための馬を早々引きだしてきたのだろうかと思い、クラーラは小さなため息をこぼして振り返った。真っ先に目に入ったのは、馬上の男が身につけている兵隊のような服だった。

「そこの者」

「……っ」

馬上の男からそう声をかけられて、クラーラは驚きのあまり尻餅《しりもち》をついてしまった。なにしろ「そこの者」などという言いかたは、自分たちより身分が上の人しかしないし、旗騎士であるクレセンス家よりも身分が上なら、この町では侯爵家しかない。そして兵隊のような服を身につけているのだ。

（ま、まさか、侯爵の私兵…!?）

見つかってしまったのか、とクラーラはふるえ上がった。明日の夜明けに町を逃げることを、どこからか聞きつけてクラーラを捕まえに来たのか!? クラーラは恐怖と混乱で声も出ないし動くことさえできない。地面に尻餅をついたまま恐る恐る馬上の男の顔を見て、そうしてクラーラは呼吸を止めた。

(なんて……、なんて綺麗な人……)

男のあまりの美貌《びぼう》に怖さが飛んだ。男に向かって綺麗だなんて変だとクラーラも思う。けれど本当にその男は綺麗だったのだ。

日を浴びてキラキラと輝く金色の髪。優しい琥珀色《こはくいろ》の瞳は、馬が動くことで男の瞳に光が当たると金色に見える。神秘的な瞳で、クラーラはその瞳にも魅《み》せられた。

(絵の中から出てきたみたい……)

一目でクラーラは恋に落ちた。相手が何者かということなど考える隙間もないくらい、美貌の男に心をとらわれてしまったのだ。

少し日付を遡《さかのぼ》る。

国内巡視の旅も明日の訪問地、クレニエが最後だ。その手前の町で、町長の屋敷を一晩の宿として借り受けたルシアンは、提供された迎賓室でモリスだけを残して人払いをした。

「最後の山越えが思いの外きつかったな」

ソファに体を投げ出して深いため息をこぼしたルシアンに、モリスのほうは直立したままうなずいた。

「あの山のおかげで、過去、アンテール州とロワージュ州は戦いが起こらなかったわけですから」

「書物で知ってはいたが、実際に越えてみて納得した。王都のあるランバルド州とアンテール、ロワージュの間には魔物も出る深い森がある。あそこを越えて二州に攻め入るなど、始祖王はよくフランジリアを一国にまとめたものだな」

「始祖王のご武勇を改めて感心なさる旅になりましたか」

「そうだな。三州をまとめていなければ、周辺の強国の領土争いに巻きこまれて、今でもわたしたちは戦のただ中にあっただろう。国土と国力を持つために、山や森を越えてでも三州を統一しなければならなかったわけがわかった」

「御意」

「そのせいでそれぞれの州の民には命を落とさせ、血を流させた。このものちも彼らの子孫に平和をもたらすのが、わたしたちヴァン・デ・ベルデ王室の償《つぐな》いだろう」

「……」

ルシアンの思いを聞いて、モリスは深く頭を下げた。部屋着に着替えるルシアンを手伝うモリスに、ルシアンは苦笑をこぼして言った。

「近衛兵隊長に侍従の真似《まね》をさせて申し訳ない」

「殿下をお守りするのがわたしの役目です。四六時中殿下のそばについているのが侍従なら、殿下をお守りするためにわたしが侍従にもなります」

「それもこれも明日、クレニエに入るためだ……」

ルシアンは疲れたように上を仰ぎ、深いため息をこぼした。

「いよいよヴェーリンデン公の懐に入るわけだな……」

「はい。ヴェーリンデン侯爵家は現王妃殿下のご生家ですし、実兄のヴェーリンデン侯爵はここロワージュの領主でもあります。避けて通るわけにはまいりません」

そう言ってモリスも小さなため息をついたが、すぐに表情を引き締めて言った。

「今回の視察の警衛には、全員、曾祖父の代から文官、武官として王室に仕えていた家柄の者ばかりを選んでいます。警衛兵自身と、警衛への信用につきましては、殿下はどんな不安もお持ちにならなくて結構です」

「ああ。おまえの人選は信頼している」

「ありがとうございます。ただ……」

モリスはふと顔を曇らせた。

「個人であろうと集団であろうと、武器を取って殿下を襲ってくる輩《やから》は完璧《かんぺき》に排除できますが、問題はお食事です。殿下がお口にされるものになにか毒物を混入されても、わたしでは見抜くことができません」

「ああ……」

ルシアンも思案顔でうなずいた。

「しかし、いくら侯爵がわたしを邪魔に思っていようとも、まさか自分の城で皇太子であるわたしに毒を盛るような真似はしないだろう。一事が起きたらそれが誰の仕業であれ、領主である侯爵が責任を取らねばならないわけだからな。が、用心はする」

「ぜひそうなさってください」

「食べつけているものなら少しの異変でも気づくだろうが、土地のものを出されたらな……」

「はい。料理人たちは王宮より随行して参った者たちですから心配はいりませんが、不安なのは食材です」

「……」

「即座に殿下のお命を奪うような猛毒の食材は出してこないでしょうが、視力や聴力を損なったり、あるいは四肢に麻痺《まひ》を起こしたりするような毒を供してくるやもしれません」

「そうだな……」

「食材を納めた農民のせいにして、殿下の御前で首を刎《は》ねてしまえば、農民の口は封じることができますし、そのうえで殿下へ謝罪すれば、それ以上の処罰を殿下が下されることは難しいでしょう。侯爵もわかっているはずです」

「そう。自分はいつも直接手を下さない」

ルシアンは独り言のように言った。

「侯爵に、父上やわたしを謀殺《ぼうさつ》したい動機があり、それをこちらが闇《やみ》の黒さほど疑っていても、なにしろ証拠がないからには侯爵自身をどう処分することもできない」

「仰せの通りです。まったく忌々しい。しかし殿下のお口にはどのような毒も入れません。クレニエ滞在中の殿下のお食事については、わたしが毒味をいたします」

「いや」

ルシアンは思いきりだらけた体勢を取ると、ふうう、と深い息をついて言った。

「大事な近衛兵隊長に万が一のことがあっては困る。今おまえを失うことはできないんだ、モリス」

「しかし殿下、…」

「よい、案ずるな。わたしの食事については考える」

下がってよいとモリスに指示をし、ルシアンは疲れたように目を閉じた。

翌日。

夜明けとともに町を出たルシアンは、小高い山を越え、鬱蒼《うっそう》とした森を抜けたところで、目を見開いた。

「ああ……これはよい眺めだな……」

見渡す限りブドウ畑が広がっていた。クレニエに入ったのだ。ゆったりとした丘が幾重にも連なり、そこに裸のブドウの木が整然と並んでいる。丘ごとに土壌の色がわずかずつ違っていているのがまた、モザイク絵のようで美しい。その広い畑の上に広がる、初春の穏やかな青空。なんということはない田舎の風景だが、のんびりとしていて眺めるだけで気持ちが休まった。

思わずそっと深呼吸をしたルシアンは、畑の向こうにどっしりと立っている山のてっぺん、ヴェーリンデン侯爵の城を冷たい眼差《まなざ》しで見つめると、そこからゆっくりと視線を巡らせた。スープ皿のように緩い傾斜の盆地の底に、これから入るクレニエの町が見えた。町の反対側はやはりどこまでも広がるブドウ畑だ。そのブドウ畑の丘の上に、ブドウ酒の醸造所とは様子が違う、このあたりにしては立派な館が見えた。ルシアンはすぐ横を馬で併走しているモリスに尋ねた。

「モリス、あの館は？」

「あれは……、ああ、侯爵の旗騎士、クレセンス家の館ですね」

「あれがクレセンス家か……」

ルシアンは思案顔でうなずいた。

フランジリア王国が国として成立する以前、今はロワージュ州と呼ばれているこの地方は、現領主のヴェーリンデン侯爵とクレセンス家、そしてシュメット家の三つの一族がそれぞれ領主として相当の土地を治めていた。つまり、小国が三つ隣り合わせていたのだ。

現在の王国北部、ランバルド州も、四つの小国家がそれぞれ領主を戴《いただ》いて治めていた。それを一つに併合したのがルシアンの先祖だ。そうして最初のフランジリア王国が成立した同じ頃、ここロワージュでも三国統一の戦があり、勝利を収めたのがヴェーリンデン家だった。

もともとクレニエ一帯はクレセンス家が領主として治めていたのだが、ロワージュで一番肥《ひ》沃《よく》な土壌だったため、農作物の安定供給と、もちろん特産のブドウ酒販売の権利を手にするために、ヴェーリンデン家がクレセンス家を城から追いだし、自分たちがそのあとに入ったという歴史がある。

(あの山の上の城は、もともとはクレセンス家の城なのだな……)

以来クレセンス家は、ヴェーリンデン家の旗騎士となる、つまりヴェーリンデン家の臣下という位置づけを受け入れることによって、わずかな私有地を与えられ、あのブドウ畑の上に館を構えているのだ。

ルシアンは再び山の上の城に目をやって、きゅっと眉をひそめた。

(かつての自分たちの城を見せつけるように、いつでも城が見えるこのような場所にクレセンス家の館を置くとはな……)

これもヴェーリンデン家の見せしめの一つなのだろうと思った。クレセンス家は戦で負けた、おまえたちはヴェーリンデン家の家臣なのだと、数百年、日々思い知らせてきたのだろう。

(気持ちはわかる、が、悪手だな)

今は南北、合わせて三つの州が一つになり、フランジリア王国として平和を維持しているが、いざことが起きた時に真っ先にヴェーリンデン家に反旗を翻すのは、ずっとヴェーリンデン家に貶《おとし》められてきたクレセンス家だろう。ロワージュ州を併合したフランジリア国王が、ヴェーリンデン家に、支配を受け入れる代わりにかなりの自治権を与えたように、義務を課すなら権利を与えなければいけないのだとルシアンは思う。

そういう歴史を持ったクレニエは、さすがに州都だけあって地方にしては栄えている。町の目抜き通りにはルシアン一行を出迎える人々が大勢並び、フランジリアの国章を振っている。ルシアンはゆっくりと首を巡らしながら人々の歓迎に応《こた》えていたが、しばらくして、なにか違和感を感じた。それがなんなのかわからないまま、氷のような色の水が流れる美しい川を渡り、小山を登って侯爵の居城に入った。迎賓館の出入り口では、侯爵が上級使用人を従えて出迎えていた。

「王都よりの長きご視察の御旅《おんたび》、誠にお疲れ様でございます。我がクレニエにルシアン皇太子殿下をお迎えすることができ、心より光栄に思っております」

「町の者たちにも歓迎してもらった。温かく迎えてくれて感謝しています」

「ありがたきお言葉。殿下におかれましてはお疲れのことと存じ上げます。まずはお部屋へご案内申し上げます」

侯爵に先導されて、迎賓館でも最も眺めのいい貴賓室に通された。ルシアンが侯爵に会うのは、現王妃と国王の結婚式以来、実に十四年ぶりだ。

(顔を見るのは久方ぶりだが、記憶にあるよりもずいぶんと……)

老けた、とも違う。ほとんど日に当たっていないのではないかと思わせる青白い顔色で、皮膚にも張りがない。なにか病に罹《かか》っているのかと疑ったが、それにしては目になにかしらの強い力が宿っている。髪はきちんと整えてあるし、侯爵にふさわしい清潔な服を身につけているが、一言で言うと不気味な容貌になっているのだ。いったいこの十四年の間になにがあったのかと、ルシアンは表情には出さなかったが不審に思った。

モリスを従えて談話室の椅子《いす》に腰を下ろしたルシアンに、侯爵が深く礼をして言った。

「国王陛下のご病気のこと、わたくしも心よりご心配申し上げております。陛下は国の要《かなめ》、一刻も早いご快癒を常日頃より始祖王に祈っております」

「ありがとう。見舞いの品も嬉しく受け取りました。王妃にも心痛をかけ、侯爵も心苦しく思っていることでしょう」

「とんでものうございます。陛下の苦しみはわたくしの苦しみでもございますから」

「そう言ってもらえると心が慰められます。王妃は陛下を心配するあまり、こちらも心労で調子を崩しています。どうか侯爵には、王妃を慰める便りなど送ってもらえればと思います」

「承知いたしましてございます。陛下へのお見舞いとともに、王妃殿下をお慰めする書状も、必ずお届けいたします」

「ありがとう。侯爵の祈りが陛下に届き、一日も早く回復されることを、わたしも願っています」

侯爵は衷心《ちゅうしん》から国王を心配しているという言動を見せ、ルシアンも侯爵の心配が本当に嬉しいという態度を見せる。傍らでやりとりを見聞きしていたモリスは、狐《きつね》と狸《たぬき》の化かし合いだと思った。

侯爵が下がると、ルシアンはどっと気を抜いて背もたれに体を預けた。モリスがぼそっと言った。

「強《したた》かですな」

「そうでなければなにも知らない妹を、国王とはいえ十五も年上の男に嫁がせまい。しかしまあ、王妃は純真無垢《じゅんしんむく》な深窓の姫君そのものというおかただから、侯爵も王妃には心を配って育てたのだろうよ。ああ疲れた。わたしは召し替える。モリス、お茶を」

はい、と答えたモリスが部屋を出ていく。今回の視察旅行は、モリスを常にそばに置いておくために侍従を連れてきていない。だからルシアンは自分のことは自分でしなければならない。旅に出た当初は、なにがどの鞄《かばん》、荷物箱に入っているからすらわからなくて、部屋中に持ち物を広げたり、逆に出立《しゅったつ》の前夜は出した荷物が箱に入らないなど、自分で自分に嫌気が差す事態が続出したが、一ヶ月も旅を続けてきた今は、それなりにきちんとできるようになった。というわけで旅装を解いて肩の凝らない服に着替えたところで、モリスが厨房《ちゅうぼう》から茶器を運んできた。

「殿下、お茶をいれます。茶葉は王宮から持参したものを、水は前夜逗留《とうりゅう》した町で汲《く》み置いてきたものを、茶器も王宮から持参してきたものを使いますので、ご安心ください」

「ああ、ありがとう。……それにしても、水か。水の心配もしなくてはならなかったな……」

毒を盛られるのは食事だけとは限らないのだ。

「ヴェーリンデン侯爵は義理の伯父だ。長旅の疲れを癒《い》やすという名目で三、四日滞在することにしてあるが……水の心配もしなければならないとは、一年もの滞在に思えるほど気持ちが沈むな」

ため息をついたルシアンは、目の前でモリスが、無骨な手でぎこちなくお茶を入れる様を見て、ふ、と笑った。

「この一月《ひとつき》、毎日おまえにお茶をいれてもらっているが、どうもおまえがいれるとおいしくなさそうに見えるな」

「申し訳ありません、殿下」

モリスも苦笑した。

「あいにくとわたしは根っからの軍人で、不器用なものですから。殿下の侍従の役目もするとわかっていたのですから、世話係として妹を連れてくるべきでした」

「末の妹か？　男勝りだとわたしの耳にも入ってくるぞ」

くくく、と笑ったルシアンは、そこではたと先ほど町で感じた違和感の原因に思い当たった。

「そうだ、若い女がいなかった……」

「はい？」

「気がつかなかったかモリス、先ほど町で出迎えてくれた民たちだ。幼子はおろか、未婚と思われる女が一人もいなかった」

「……ああ、そういえば、たしかに若い女の姿がありませんでした」

「おかしくはないか」

「どうでしょう。このような小さな町ですから、行儀見習いに出られる家も数えるほどしかないでしょう。おおかた侯爵家で下働きをしているのではないでしょうか」

「うん？」

「領主の城で働いていたということは、作法のなっている女として、嫁ぐ時に歓迎されるのです」

「なるほどな。そういうものなのか」

庶民に限らず貴族階級であっても、女子の修身についてうといルシアンは、簡単に納得してうなずいた。

モリスのいれてくれたほとんど香りのないお茶を、内心で軍人茶と名づけて、湯を飲んでいる気持ちでゆっくりと口に運びながら、ルシアンはやはり独り言のように言った。

「…国王が重体の今、王位を継ぐわたしの警衛段階は、国王並みになっている。王宮へ戻ればもっと厳重になるだろう」

「はい、殿下。陛下がお倒れになるという緊急事態です。他国の刺客が殿下を狙うなら今が好機。どのような者からも殿下をお守りするという決意は、近衛兵だけではなく軍全体で共有しております」

「そう。今の王宮でわたしに手を出すのは最悪手だ。侯爵もそれはよくよく承知していることだろうな」

「……」

侯爵がルシアンの命を狙っていると、さらりとルシアンは言う。どう返答しても物騒なことになると思ったモリスが、黙って表情を引き締めると、軍人茶をすすってルシアンは続けた。

「果たして侯爵は国王が重体だということを信じているだろうか」

「……は？」

モリスが怪訝《けげん》な表情で首を傾げる。ルシアンは黙ってお茶を口に運びながら考えた。

侯爵はすでに国王が死んでいると思っているかもしれない。王室はそれを隠しているのだと。侯爵の甥にあたる第二王子は来年成人を迎える。後見がいなくとも王位に就けることになるのだ。

(侯爵が第二王子を傀儡《かいらい》として、国王という権力を己のものにするつもりなら、第二王子が未成年の今、王位に押し上げなければならない)

つまり来年の第二王子の誕生日までに、国王と皇太子を始末するか、あるいは国政に携わることは不可能という状態にしたいはずだ。

(となるとやはり、厳重な警衛態勢の敷かれている王宮へ戻す前、王都どころかランバルド州からも遠く離れたこのロワージュこそ、わたしになにかを仕掛けるには都合がいい……、いや、理想の場所だな)

ルシアンに「なにか」が起こり、それでどれほど侯爵が疑われようとも、侯爵がなにかをしたという証拠はない。あったとしても、国軍がそれを押さえる前に処分されるだろう。侯爵はロワージュ州の自治権を持っている。つまりロワージュ州では、侯爵は国王と同じほどの権力を持っていることになる。誰も侯爵には逆らえないのだ。

(そう、証拠だ。いつもいつだって証拠がない。前王妃……わたしの母が殺された時も、つい先日、国王に毒を盛られた時も)

侯爵からそれなりの旨《うま》みを得ていたのだろう女官も、前王妃を毒殺し、時を経て国王に毒を盛った今、自害に見せかけて殺された。これで前王妃の本当の死因も、国王に毒を盛った理由も、それを指示したのが何者なのかも、永遠に知ることはできなくなったというわけだ。

ルシアンは茶器を弄《もてあそ》びながらのんびりと言った。

「クレニエは王都周辺と違って、緑が多くて落ち着くな」

「はい、本当に。風の匂いも爽《さわ》やかです」

「そうだな。山も森も豊かで、マルディ茸《だけ》もほうぼうに生えているだろうな」

「殿下……っ」

マルディ茸は遅効性の猛毒を持つ植物として有名だ。美味で名高いトレゾ茸とよく似ているので、毎年誤食で命を落とす者があとを絶たない。聞いたモリスは顔色を変えて言った。

「殿下のお食事に用いる食材は、すべてわたしたちが直接調達いたします」

「……うん。そうだな」

それが一番安全だろうと思ったルシアンは、茶器を卓に戻すと身軽く椅子から立ち上がった。

「モリス。少し散歩に行こう。付き合え」

「はい。ああ、殿下、殿下っ、外は寒いですからマントをっ」

モリスは慌てて荷物箱を開け、中身をひっくり返して日常用のマントを見つけだすと、慌ててルシアンのあとを追った。行動に合った衣服を整えてくれる侍従がいないと、あっという間に部屋が乱雑になる。二人の去った部屋は、とても皇太子の部屋とは思えない様子になっていた。

迎賓館からモリスと二人、馬に乗ってのんびりと城を出た。山の上から町を見下ろすと、冷たい青色の川といろいろな土色のブドウ畑、高い建物のない積み木でできたような街並みや、その上に広がる春の穏やかな青空が合わさって、まるで子供向けの話の挿画のように優しい景色が広がっていた。

「本当に気持ちの落ち着く眺めだな。わたしはクレニエが好きだ」

「なだらかな丘が続く地形だからでしょうか。小麦や芋の真っ平らな畑が続く様とはまったく違って、新鮮です」

「葉盛りの頃や、ブドウが実った頃にもまた来てみたいものだな」

「今年はもう行啓は無理でしょうから、来年よりあとになりますか」

「そうだな。いつか、いつか見てみたいものだな、緑に覆われた丘々を」

皇太子という身分で長く王都を離れることはなかなか叶《かな》わない。次にクレニエを訪れることができるとしたら、早くて十年後あたりだろうとルシアンは思った。

たわいもないことを話しながら山を下り、町へ入る。沿道で出迎えてくれた人々はすでに日々の暮らしに戻っているが、やはり若い女は見ない。モリスの言ったとおり、城へ働きに行っているのだなと思った。二人に気づいた町の人間が、目を丸くして大慌てで頭を下げる。暮らしの邪魔をしているようで申し訳なくて、ルシアンはうなずき返しながら馬の歩様を早めた。

町を抜け、街道とは名ばかりの狭い道からブドウ畑の中へ延びる小道へと馬を進める。この先にあるのはクレセンス家の館だ。気づいたモリスがルシアンの横に馬を進めて小声で言った。

「殿下、まさかクレセンス家を抱きこむおつもりですか」

「うん？」

「クレセンス家はその歴史から見ても、先祖代々ヴェーリンデン侯爵を恨んでおりましょう。居城を接収され、それを見上げるこのような場所に館を与えられたのですから」

「ああ」

「敵の敵は味方という理屈なら、たしかにクレセンス家を頼るのは安全ではありますが」

「抱きこむなど、穏やかではないな。わたしはただ、クレニエ滞在中の食材を提供してもらえればと思っただけだ」

「……食材を？」

「クレセンス家は旗騎士だ。私有地を持っているのだから、自家菜園もあるだろう。そこから分けてもらえればとな」

「ああ、なるほどっ」

「侯爵から供される食材はそのまま受け取る。だが、実際に調理に使用し、わたしたちが口にする食材は、クレセンス家に分けてもらうものだけにする。これが一番安全だろう」

「たしかにそうです。侯爵を介さずに、我々が直接クレセンス家とやりとりをすれば、食材についてだけは安全が確保できます」

よし、という具合にモリスは力強くうなずいた。そうこうしているうちに館の前までやってきた。田舎だからなのか、館を囲う塀はなく、門すらない。道の両脇にずっと植えられている草花の終わりに、濃い紅色の鈴のような形の花をびっしりとつけた大きな木が二本立っていて、それが内と外を分ける門の役目をしているらしかった。木と木の間を抜けて館の敷地に入ると、これまた前庭というものはなく、むき出しの地面が広がっている。館の正面側には花壇と、なにやらの畑のようなものが見えた。その畑の前で、使用人の子供だろうか、少年が一人しゃがんで、野菜か果実かわからないが収穫している。ルシアンが少年のもとへ馬を進めると、蹄の音で気がついたのか、少年がパッと振り返った。

ついてしまったのだ。

「そこの者」

ルシアンがそう声をかけたとたんだ。少年は驚愕という表情をすると、ぺたん、と尻餅をついてしまったのだ。

クラーラは見知らぬ男の訪問にも、そして男の美貌にも驚きすぎて、せっかく摘んだイチゴをばらまいたまま、茫然《ぼうぜん》と男を見上げるばかりだ。

(こんな綺麗な人っている？　天使様とか精霊が人の姿を取って現れたみたい……)

回らない頭でそんなことを考えていると、目の前の美男子もまた驚いたように目を見開き、クラーラを見つめて言った。

「これはまた、見目の麗しい男子だな」

「誠に、誠に。水宝玉の様な瞳で、いやこれは麗しい男子だ」

美男子の横にいた、見馴れない兵隊の服を着た男もしきりにうなずいて言うのだ。クラーラが、誰、誰、と内心でうろたえていると、美男子がひどく優しい笑みを浮かべて言った。

「驚かせてしまったようだな、申し訳ない」

「……」

「声も出ないか？　わたしはそう悪い人間でもないから、怖がらなくてもよい。それより、イチゴを拾いなさい。せっかく摘んだのに、料理人に叱られるのではないか？」

「……あ、イ、イチゴ…っ」

「おまえはこの家の者か？　この家で働いているのか？」

「い、い、いえ…っ」

クラーラはブンブンと首を振って答えた。

「こ、ここはっ、わたしの家です…っ」

「うん？　もしや、クレセンス家の者か？」

「……っ」

クラーラはこくこくとうなずいた。天使様か精霊かと思うほどの美男子が、ふつうに言葉を喋《しゃべ》っているのだ。綺麗なフランジリア語だから、ランバルド州、それも王都の近くの出身なのだろうと思う。都会の人は、みんなこのように綺麗なのだろうかと思っていると、美男子が傍らの男にうなずいて、それからクラーラに言った。

「クレセンス家の男子であるなら都合がいい。名はなんという？」

「ク、ク、クラールス…っ」

「そうか、クラールス。わたしはルシアンという。父君に取り次ぎをお願いしたい」

「は、はい…っ、ル、ルシアンさん…っ」

クラーラはまたこくこくとうなずいて、散らばしたままのイチゴを大慌てて拾い集めて家の中に駆け戻った。

「お父さん、お父さんっ」

バタバタと父親の書斎に駆けこむ。父親は書き物机について手紙をしたためているところで、ペンを持つ手を止めずにクラーラに言った。

「どうした、ネズミの巣でも見つけたか？」

「そんな楽しいことじゃないっ、お父さんにお客さんっ、ルシアンて人っ」

「……ルシアン殿下!?」

ガッターンと椅子を倒すほど勢いよく父親が立ち上がった。びっくりしたクラーラが目を丸くして固まっていると、父親は混乱しているのか、しきりに手のひらをシャツでこすりながら言った。

「ルシアン皇太子殿下のお遣いのかただっ」

「えええっ!?」

「とにかくクラーラは部屋に行っていなさいっ、無礼があってはいけない、こっそり覗きに来るんじゃないぞっ」

「は、はいっ」

父親は衣装箪笥《だんす》からスカーフタイと上着を引っ張りだすと、母がいるはずの台所へ向かって走りでていった。クラーラも慌てて自分の部屋に入り、窓の掛布に隠れてそうっと外の様子を窺った。

「皇太子殿下のお遣いが来るなんて、いったいなにがあったのかしら……」

悪いことじゃなければいいけど、と思いながら外を見る。そこにはあの、絵のように美しい男がいる。驚いてドキドキしていた胸は、今度は嬉しさでドキドキした。外を見ていると、少しして父親が大慌てで出てくるのが見えた。そうしてさらになにかに驚いたのか、仰け反りすぎて、危うく尻餅をつきそうになった。父親は美男子に深く頭を下げたので、皇太子のお遣いというのは本当なんだとクラーラは思った。

「お父さんになんのご用なのかしら……」

自分たちとはまったく縁のない王室からの遣いというのが、なんとなく怖い。恭《うやうや》しく父親に促された美男子が、馬を下りて家に入っていく。クラーラは窓辺を離れると寝台に腰掛けて、理由のわからない不安で唇を噛みしめた。

しばらくすると、パタパタというせわしない足音が聞こえて、部屋の扉がノックされた。どうぞ、とクラーラが言うと、入ってきたのは母親だった。

「あ、お母さん、皇太子殿下のお使者が、…」

「お使者じゃありませんよ、クラーラ！　皇太子殿下ですよっ」

「……なに？」

「ルシアン皇太子殿下が直々《じきじき》に我が家においでくださったんですよっ」

「……ええぇーっ!?」

あの美男子が皇太子！　一生で一番の驚き、というくらい驚いて、目を丸くして口までぽかんと開けてしまった。緊張しすぎているのか、母親は目をちょっと吊《つ》り上げてクラーラに言った。

「ほらほらクラーラもっ、殿下にご挨拶しないとっ」

「わ、わたしも!?」

「当たり前でしょうっ、皇太子殿下なのよっ。その泥で汚れたシャツを脱いでっ、ほらこれを着てっ」

祝い事の時に着るシャツを着せられたクラーラは、ぎゅっと肩を摑《つか》んできた母親に、真剣な表情で言われた。

「いい、クラーラ？　あなたが女の子だと、決して知られないようにするのよ？　いつものとおりにしていれば大丈夫。あと、名前を間違えないようにね。クラールスよ」

「は、はい、わかってる。町へ出る時のように振る舞うわ」

こく、とうなずいた。皇太子にはクラーラが女の子だということを隠す必要はないのだが、皇太子がうっかりと、クレセンス家で娘に会ったなどと侯爵に言ったら大変なことになる。だから皇太子にも絶対に女の子だと知られないようにしなければならない。

緊張しながら応接室へ行く。父親も兄たちも揃っていて、椅子に腰掛けた皇太子の前でひざまずいていた。クラーラも慌てて兄の横に並び、同じようにひざまずく。母親は女性なので膝立ちだ。王族を見るなんて、しかもこんな間近で、それどころか自分の家に来ているなんて、夢だと言われたほうがまだ納得できる。クラーラはそう思いながらも、ちらりと皇太子を見ては、その美男子ぶりにこっそりとときめいた。

家族全員揃ったところで父親が言った。

「ルシアン皇太子殿下。家族を紹介申し上げます。改めまして、わたしがネイサン・クレセンス、向こうにいるが妻のラウラです。こちらが長男のテオ。隣が次男のアーサー。端にいるのが三男のクラールスでございます」

「紹介をありがとう。わたしの横にいるのはモリス・ヤンセン。近衛兵隊長だ。見知っておいてくれるとありがたい」

はい、と父親が頭《こうべ》を垂れる。クラーラも倣《なら》って頭を下げたが、皇太子……ルシアンに、本当にもうまじまじと、穴が空くのではないかと思うほど見つめられていて、なにか粗相をしただろうか、それとも女の子だと知られてしまったのだろうかと、不安で心臓が痛くなった。キュッと唇を嚙むと、なるべく顔を見られないようにと下を向いた。

そんなクラーラを、驚きと感心でルシアンは見つめた。

(信じられないな。可憐という言葉がぴたりとくる男子だ)

先ほどモリスが水宝玉のようだと言っていたが、水色の瞳は本当に水宝玉でもはまっているように見える。

(顔つきも体つきも男として未成熟だし、背丈も兄と比べて二回りは小さい。声変わりもしていないことだし、せいぜいが十四か十五、もしかしたらもっと幼いのかもな)

これでドレスでも着せようものなら完全に少女で通用するぞ、と「クラールス」の愛らしい容貌に感心した。そこでふと、ルシアンの頭に奇抜な考えが浮かんだ。かすかに口端を笑わせて、傍らのモリスにちらりと顔を向ける。心得ているモリスが体を屈《かが》めて、ルシアンのすぐ横に耳を持ってくると、ルシアンは囁いた。

「モリス。クラールスを小姓として召し抱えるというのはどうだろうか？」

「は？」

「あまりにも愛らしい男子だから、侍従の代わりに滞在中の世話をさせたいと言って、わたしのそばに置くことにする。クレセンス家の男子だ、身分に問題はないだろう」

「いや、しかし殿下、……」

「のちほど迎えの馬車を差し向ける。もちろん目的は、滞在中に必要な、安全な水と食材を運び込むことだ」

「なるほど、それなら……」

モリスは小さくうなずくと、考え考え答えた。

「しかし殿下、世話係の小姓というと、侯爵のほうから女中を出してくるのではありませんか」

「なに。夜伽《よとぎ》の相手もさせると言えばよい。クラールスの可憐な容貌を見ろ。少女にしてもこれほど可憐な者はいまい。とにかくクラールスが気に入ったのだと言えば、侯爵も引き下がるしかあるまい」

「はあ、しかし……」

「モリス。侯爵の手の者をそばに置かず、食料も内密で仕入れるとなれば、これほどよい手はないだろう。これ以外に滞在中の食材を持ちこめる方法があるというなら、聞かせてみろ」

「……いえ、考えつきません。懐に肉を一片忍ばせて持ち帰るというわけではありません。たしかに馬車が必要です」

モリスも納得してうなずいた。

姿勢を戻し、モリスは言った。

「クレセンスとクラールスを残し、ほかの者は退室するよう」

クラーラはビクッとしてしまった。父親と自分だけを残してほかの家族は部屋から出ていけなんて、いったいなにが起きるのだろうと不安で、指先が冷たくなってしまった。母親と兄たちが下がり、部屋には四人だけとなる。気分が悪くなりそうなほど緊張するクラーラの耳に、モリスの声が届いた。

「このたびの殿下の国内視察は長期にわたるゆえ、かかる費用の削減を目的に、随行の者を極力減らすようにと殿下からご指示をいただいている」

モリスの言葉を聞いて、ルシアンは表情こそ変えなかったが、内心で小さく噴いた。不器用な軍人のくせに、よくももっともらしい嘘《うそ》をさらりとつけるものだと思ったのだ。ルシアンにそんなことを思われているとも知らず、モリスはしかつめらしい表情で続けた。

「そのために殿下は侍従の同行もされておられない。当地クレニエは殿下の義理の伯父上《おじうえ》に当たるヴェーリンデン侯爵の領地。殿下は長旅の疲れを癒やすため、数日クレニエに滞在なさるご予定だ。そこで」

モリスはもっともらしく言葉を切って、クラーラと父親を眺めた。

「殿下滞在中の身の回りのお世話係として、クラールスを召したいと殿下はお考えであられる」

「……なんと……」

父親が絞りだすような声で言った。クラーラは驚きすぎて、声も出せなければ身じろぎ一つできなかった。自分が皇太子の世話係になるなんて、身分どうこうの前に無理だ。

(だって、わたし、お、女……)

世話係と言うことは一日中一緒にいるということだろう。そんなことになったら絶対に女の子だと知られてしまう。だからきっとお父さんが断ってくれる、とクラーラが思っていると、父親が言った。

「その、恐れながら申し上げますが、クラールスはご覧のとおり、男子でございます……」

「もちろん承知のうえだ」

モリスが答えた。

「幼いクラールスに、侍従や女官ほどの仕事は求めない。殿下のお召しを整えたり、お茶をいれたりなど、小姓として召したいと考えておられる」

「小姓、でございますか……」

お願いお父さん、断って、とクラーラは心底願ったが、ルシアンは領主どころか皇太子、それも国王が伏せっているという現状では国王の任も負っている、つまり実質的に国王と変わりがないのだ。断れるわけがないだろう。だけど断らなければクラーラが女の子だと知られてしまう。きっときっと断ってくれる、と祈る気持ちでいるクラーラの耳に、父親の答えが聞こえた。

「さ、さようであれば、愚息クラールスにも、務まりましょう……、お召しの話、ありがたくお受けいたします……」

クラーラはひざまずいて固まったまま、嘘でしょう、と愕然としてしまった。断れるわけがないと頭ではわかっていたが、心の隅では、お父さんならなんとか断ってくれるとも思っていたのだ。けれど現実は思ったとおりにはいかない。クラーラが女の子だと知られないようにするという、家族にとって最も大切なことよりも、皇太子の命令のほうが上なのだ。

モリスがクラーラに視線を向けて言った。

「クラールス。父君はこう言っているが、おまえ自身はどうだ？」

「は、はい……、光栄です、一所懸命勤めさせていただきます……」

そう答えるしかなかった。そうか、と言ったモリスが続けた。

「のちほど馬車を遣わせる。それまでに支度をしておくように。……それからクレセンス。殿下お一人の分だけでよいから、三、四日のお食事に足りる程度の水と、クレセンス家の菜園で収穫できる野菜、果物、そしてできれば肉を分けてほしい。ヴェーリンデン侯爵には、くれぐれも内密でな」

「……、はい、殿下のお口に合うかは存じませんが、質のよいものを用意いたしておきます」

父親は妙な頼み事の理由を察したのか、わずかな間を置いてしっかりとそう答えた。

ルシアンたちが侯爵の城へ戻っていったあと、クラーラたちは静かな静かな大騒ぎとなった。皆足音まで殺して食堂に集まると、声をひそめて頭を寄せ合うようにして話した。

「予想もしないことが起きてしまった、まさか殿下が直接おいでくださって、クラーラを、クラーラを小姓にしたいと思《おぼ》し召すなど……」

父親が卓の上で組んだ手にぎゅっと力をこめる。テオも青ざめてうなずいた。

「こうなっては、明日の夜明けにクラーラを逃がすこともできなくなりました。とにかくお父さん、計画を変えないと」

「ああ、そうだな。クラーラを小姓として殿下のおそばに上げることは、これはもう変えられん。クラーラ」

父親がクラーラの肩を抱きしめた。

「殿下も近衛兵隊長殿も、クラーラを男子と思っていらっしゃる。これならば、万が一侯爵と会ってしまっても、女子だとは思われないだろう」

「は、はい……」

「クラーラを町から逃がす計画は改めてお父さんたちが立てる。だからクラーラは絶対に女子だということを悟られないよう、くれぐれも注意をして、ともかくも殿下が滞在なさっている間をやり過ごしなさい。できるね？」

「たぶん……」

「大丈夫だ、ほんの数日だよ、クラーラ。それにお仕えするのは侯爵ではなく皇太子殿下だ。清廉誠実で、下の者にも気を遣われる、お優しい心根のかたというお噂だ。もしもなにか粗相をしてしまっても、ひどく叱ることはないと思うよ」

「……はい。怖い感じはしなかったわ……」

「大丈夫だ、クラーラ、大丈夫。侯爵の城に逗留なさっていては、殿下もお疲れが取れないだろうから、クラーラの元気を分けて差し上げなさい」

「……はい。でもどうして侯爵のお城にいてはお疲れが取れないの？」

「それは、ああ、ほら、やはり他人の城だからね。王宮にいる時のようにはくつろげないだろう？」

「あ、そうね」

クラーラは簡単に納得して、こくんとうなずいた。とにかくクラーラは支度をしてきなさい、と言われ、食堂を出た。

「支度といっても、なにを持っていけばいいの……？」

わからなくて母親に聞こうとしたが、母親も兄たちも、みんなモリスに頼まれた食材の用意に、静かに駆け回っていて聞くのも憚《はばか》られる。クラーラはため息をつくと、とぼとぼと部屋に戻った。

「わたしがするのは着替えのお手伝いとお茶の用意って言われたから、お掃除の道具とか、特に家から持っていくものはないわよね……」

それならば替えの肌着だけ持っていけばいいのだろうと思った。礼服は一着しか持っていないから、替えなど最初からない。クラーラは自分で縫った巾着《きんちゃく》に数日分の肌着と、気持ちが落ち着いてよく眠れる香りの匂い袋を入れた。

午後のお茶の時間が過ぎた頃、本当に皇太子からの迎えの馬車が来た。緊張しすぎて足がふるえているクラーラは、それでも礼服に着替えると、巾着を抱えて部屋を出た。出たところで甘い匂いが鼻をかすめ、クラーラはパタパタと台所に走った。

「お母さん、この匂いっ」

「そうよ、クラーラ。イチゴのパイを焼いたからね。これをお持ちして、殿下にお茶を入れて差し上げて。大丈夫よ、お母さんのお手伝いをしてきたクラーラだもの、お茶をいれるのは得意でしょう？　服の手入れもできるじゃないの」

「あ……、そうよね、家でやっていることをすればいいのだものねっ。なんだかわたし、宮殿へ上がる気持ちでいたわっ」

「でもクラーラ。お世話申し上げるのは皇太子殿下なのだから、くれぐれも粗相のないようにしないといけませんよ」

「はい。心を込めてお茶をいれるわ」

クラーラの答えを聞いて、母親は嬉しそうににっこりと笑った。ずっと男の子の格好をさせてきたけれど、クラーラは本人はちゃんと女の子らしく育ってくれた。いつかお嫁に出す時のことを考えて、一通りのことを仕込んでおいてよかったと思ったのだ。

クラーラが母親とそんなことを話している間に、馬車には水と食料が積みこまれた。イチゴのパイを大事に両手で持って馬車に乗りこんだクラーラは、豪華な馬車の中が、まるで物売りの荷車のような有様になっているのを見て目を丸くした。そうして家族全員に見送られながら、野菜や果物、水や肉に囲まれて、侯爵の城へ運ばれた。

城のある小山を登るうちに、クラーラの心は緊張よりも不安でいっぱいになっていた。あの魔物のような侯爵の、ここが居城なのだ。怖い。

（……大丈夫。殿下のお世話係ということだもの、きっと殿下のお部屋のあたりにいればいいのよ。侯爵に会うことなんか、……きっとないわ）

ふるえそうになる唇を噛み、恐怖をぐっと押しこめた。

さすがに皇太子の遣わした馬車だけあって、門をくぐる時も私兵に中を検められることはなかった。とうとう城の中に入ってしまった、と思い、怖くて泣きたくなった時、ガクンと馬車が停《と》まった。

（こ、侯爵がいませんように…っ）

馬車の扉が開かれる。怖くてきつく目をつむってしまうと、優しい声が聞こえた。

「クラールス、ご苦労だったね」

「……、あ……」

モリスの声だった。それだけでホッとしたクラーラが扉の外に目を向けると、モリスの笑顔が見えた。モリスがうなずいて、クラーラに手をさしのべてくれた。

「さあ、降りなさい。……それはなんだ？」

モリスがクラーラの持っているクロッシュに目を留めた。クラーラは片腕でしっかりとクロッシュを抱え、もう片手はモリスに取ってもらって馬車から降りると、ぺこりと頭を下げて答えた。

「はい、これはさっき摘んだイチゴで作ったパイです。おかあ…、いえ、母が焼いてくれたのです。とてもおいしいので、皇太子殿下にも召し上がっていただこうと思って、持って参りました」

「そ、それはそれは……っ」

なにがおかしいのか、モリスはぷふふという具合に笑ってクラーラの頭を撫でたのだ。まるで小さい子を褒める時のようで、たしかにわたしは小さいけど、でもちょっと失礼だわ、とクラーラは憤慨した。

馬車から降りるとすぐ目の前に出入り口があった。モリスに案内されて玄関ホールに入ったクラーラは、床から壁から天井から、とにかく豪華で贅沢なしつらえに目を丸くした。

「すごく豪華で綺麗なお城ですね」

思わず口走ってしまうと、モリスがふっと微笑して答えた。

「ここは迎賓館だよ。侯爵の居城ではない」

「そうだったんですか。あの、それならこちらには、殿下とモリス様と、あとお付きの皆様だけが泊まるんですか？」

「そういうことになるな」

モリスの言葉を聞いて、よかった、と心底から安堵した。ここが皇太子専用の館なら、侯爵もそうそう気楽にやってはこないと思うのだ。クラーラが迎賓館から出なければ、なんとか侯爵と遭遇することは避けられそうだと思った。

現金なもので、気持ちが落ち着いたら皇太子のあの美貌を思いだしてドキドキしてしまった。顔が熱くなったのを自覚して、これじゃ駄目、と自分を叱った。

(だってわたしは男の子なんだから、殿下に見とれたりとか、顔を赤くするとか、変なんだからっ)

あんまり素敵で、一目見ただけなのに好きになってしまったなんて、絶対に気づかれないようにしなくちゃと、クラーラは気持ちを引き締めた。

きらびやかではないが贅を尽くした内装にひたすら感心しながら館の通路を奥へ進む。ひときわ大きな両開きの扉の前には、兵士が二人立っていた。モリスと同じような制服なので、近衛兵なのねと思っていると、モリスがその扉をノックして、そうっと開けた。クラーラを振り返って言う。

「さあ、お入り」

「あ、はいっ」

元気に答えて室内に入ったクラーラは、部屋の奥の椅子に腰掛けている人を見て、目を丸くして棒立ちになってしまった。

(ルシアン皇太子殿下っ)

まさか皇太子自身の部屋に、それもいきなりとおされるとは思ってもいなかった。パイを両手で持ったまま固まっていると、ルシアンがふっと笑って言った。

「どうしたクラールス。入ってきなさい」

「あ…、あ、は、はいっ」

あの美貌でほほ笑まれて、クラーラは目まいがするほどドキドキしてしまった。ぎくしゃくした足取りで部屋の中に進み、パイを持ったままルシアンに頭を下げた。

「クラールス・クレセンス、殿下のお召しにより上がりましたっ。精一杯お世話を務めさせていただきますっ、なにとぞよろしくお願い申し上げますっ」

母親から礼儀作法は仕込まれているが、さすがに王族への作法は知らない。ふつうに目上の人にするように挨拶をしたが、ルシアンもモリスもニコニコ笑っているだけなので、無礼ではなかったのだと思って安心した。クラーラはホッとして、持っていたクロッシュをそっと差しだした。

「これは母が焼いてくれたイチゴのパイです。とてもおいしいので、殿下にも召し上がっていただきたくて、持って参りました」

「それはそれは」

ルシアンもモリスと同様にぷくくと笑う。

「気遣いを感謝する。先ほど摘んでいたイチゴかな？」

「はいっ。採《と》れたてですから本当においしいんですっ。生のイチゴも野菜と一緒に運んできましたっ」

「ありがとう。では早速、パイをいただくことにしよう。お茶はいれられる？」

「はいっ、お任せください、得意ですっ」

「それはよかった、久方ぶりにおいしいお茶が飲めそうだ」

ルシアンはにっこりと笑ってそう言った。またしても素敵すぎる笑顔で、クラーラは大赤面してしまった。なんとかごまかしたくて、モリスに顔を向けた。

「あ、あのっ、厨房は…っ」

「わたしが案内しよう」

なにがおかしいのか、モリスまでニコニコしながらクラーラを厨房へ案内してくれる。いちいち顔を赤くしちゃ駄目、と自分を叱ったが、ルシアンは本当に素敵なのだ。都会の人、それも王族や貴族は皆美しいのだろうと漠然と思っていたが、ルシアンは美しいなんて簡単な言葉では表せないほど、本当に美しい。あんなに素敵な本物の王子様のそばで数日も過ごせるのだと思うと、幸せすぎて頭も気持ちも足取りまでふわふわしてしまった。

厨房でワゴンに茶器のセットをして、それを押してルシアンの居室に戻った。ルシアンは談話室の奥の居間にいた。開いていた扉から顔を出し、クラーラはおずおずと尋ねた。

「皇太子殿下、お部屋に入ってもいいですか？」

「うん？　ああ、もちろん入っておいで」

許しを得て居間に入ったクラーラに、ルシアンが微笑して言った。

「クラールスはわたしの小姓なのだから、どの部屋に入るにもわたしの許可はいらない」

「そうなのですか？　いいのですか？」

「ああ、構わない。いちいち許可を得ていたら、クラールスの仕事がはかどらないからね」

「え、と……、ああ、はい、それはもっともですね」

さらりと室内を見回してうなずいたクラーラを、やっぱりルシアンもモリスもくくくと笑うのだ。照れ隠しの笑いかしら、とクラーラは思った。ルシアンは数刻前にこの部屋に入ったばかりだというのに、なんというか、一週間も掃除をしていない部屋のように、衣類や小間物があちらこちらに散らばっているのだ。まずはこれを片づけなくちゃと思いながら、馴れた手つきで、でも丁寧に気持ちを込めてお茶をいれていると、ルシアンがモリスを見て、おどけた口調で言った。

「見ろモリス。お茶はこのようにいれなければいけない」

「まったく、仰せのとおりで」

モリスが笑う。クラーラは、なにか不躾《ぶしつけ》なことをしてしまっただろうかと焦り、茶器とルシアンとモリスを交互に見た。ルシアンはふふふと優しく笑って言った。

「なにも不調法はしていないよ。とてもおいしそうにお茶をいれてくれるから嬉しくて」

「そ、そうですか…っ」

「これまではモリスがお茶をいれていたのだが、なにしろ軍人だからいろいろと笑える事態にね」

「えっ、お茶で笑えることが起きるのですか!?」

クラーラは驚いた。お茶だ。お茶をいれるだけだ。小さな子供でもできることで、なぜ笑える事態が起きるのか本当に想像もつかない。唖然としてモリスを見つめると、モリスは苦笑して小さくルシアンに頭を下げた。ルシアンもククと笑ってクラーラに言った。

「だからクラールスがお茶をいれてくれて嬉しい。ほら、このようによい香りが立つ。これぞまさしくお茶だ」

「は、はいっ、ありがとうございますっ」

ルシアンの褒め言葉にはモリスをからかう意味も込められているとは気づかず、クラーラは嬉しくて頬を赤くした。愛らしいクラーラの様子に目を細め、ルシアンが言った。

「そうだ、まだきちんと名乗っていなかったな。わたしはルシアンだ。仕事は皇太子」

「は、はいっ、存じ上げておりますっ」

ルシアンの冗談をいちいち真に受けてクラーラは顔を赤くする。ルシアンもモリスも、どうしよう、可愛い、と思ってクスクス笑いをこぼす。ルシアンが続けて言った。

「こちらは……もう知っているな。モリスだ。近衛兵隊長で、クラールスが来てくれるまで、わたしの世話を焼いてくれたような、ないような」

「殿下。わたしにあれ以上を求められても困ります」

ルシアンのからかいにモリスも苦笑で答える。家では兄たちからからかわれるばかりだったクラーラは、大人の男が冗談を言い合うという状況に遭遇したことがない。ルシアンがモリスに苦情を言っているのだと真っ正直に受け取ってしまい、慌ててモリスを擁護した。

「あの、殿下っ。モリス様は軍人さんですから、お茶をいれるのは苦手なのだと思います。わたしはお茶はいれられますが剣は扱えませんし…っ」

「ああ、まったくだな。人には得手不得手がある。申し訳なかったね、クラールス。モリスもほら、かばってくれた礼を言え」

「はい。ありがとう、クラールス」

「い、いえっ、いえいえいえっ」

あろうことか皇太子から謝罪を受け、近衛兵隊長から礼を言われて、クラーラは頭に血が上りすぎてクラクラしてしまった。二人にクスクス笑われながらなんとかお茶をいれ、パイも切って卓に並べる。クラーラは当然のように三人分のお茶を用意したが、王族と平民が同じ卓でお茶を飲むなど、あり得ないほど無礼なことだ。モリスは驚愕してルシアンを窺ったが、ルシアンはほほ笑んでクラーラを見つめるだけだ。

（クラールスは子供だし、殿下はこれほど近くで平民と接することはないから、クラールス

とのやりとりを楽しんでいらっしゃるのだな)

モリスはそう理解した。

もちろんクラーラは自分が無礼千万なことをしているとは思ってもいないから、お客様をもてなす気分でお茶を出し、一緒に楽しんだ。大好きなイチゴのパイを口に運んだところで、ルシアンにニコニコと見つめられていることに気づいて、たちまち顔を赤くした。

(な、なに……?)

自分は美女ではないし、第一男の格好をしているのだ。ルシアンに見つめられる理由がわからなくて、けれど夢の中の王子様のように素敵なルシアンに見つめられて、恥ずかしくて恥ずかしくていたたまれない。そんなクラーラに、ルシアンがふっと笑って言ったのだ。

「クラールスは愛らしいな。男子というのが誠に惜しいほどだ」

「…っ、は、はいっ、あのっ、いえっ、いえ、あのっ、あ、ありがとうございます…っ」

家族以外から可愛いと言われるなんて、それも、正真正銘の王子、憧《あこが》れの素敵な皇太子から言われるなんて、すごく嬉しくて、同じくらい恥ずかしくて、クラーラはますます顔を赤くした。

(もう、どうしようっ、わたしは男なのに、こんな顔を赤くして、変よっ、へ、変っ、ああ、顔が熱い…っ)

誰かわたしに水をかけて、と切実にクラーラは思った。

たわいもないというか純朴なクラーラを眺めながら、ルシアンは心が柔らかくなっていくのを自覚した。世辞や駆け引きとは無縁の環境で育ってくると、こうも純真になるのだなと感心した。

（よい子だ。それに見目が麗しいのも目に楽しい）

ゆっくりと茶器を口に運びながら、この容貌なら夜伽兼用小姓だという言い訳も、十分に侯爵に立つだろうと思う。クラーラを利用することに少し良心が痛んだが、クラーラに危害が及ぶわけでもないし、なにか欲しいものを褒美に遣わすことで許してもらおうと思った。

「滞在中の世話を、よろしく頼む、クラールス」

「は、はい、殿下っ」

にっこりとルシアンに頼まれて、クラーラは胸を高鳴らせて、頑張るわと思った。

「あの、殿下。わたしの仕事は、お茶の用意と着替えの手伝いのほかには、お食事を作ればいいのですか？」

「食事？」

ルシアンは驚いたように目を瞠って言った。

「クラールスは食事も作れるのか？」

「あ…、あっ、あの…っ」

しまった、とクラーラは動揺した。家ではいつも母親や女中と一緒に食事を作っていたから、ついそう言ってしまったが、ある程度の歳になったら男は台所には入らない。どうやってごまかそう、と必死になって考えながら、しどろもどろにクラーラは言った。

「わたしはこのように体が小さいのでっ、その、母が、きっと女の子には好かれないだろうって…っ、そ、それで、結婚もできないだろうから、お嫁さんがいなくても、あの、一人でも、ちゃんと暮らしていけるようにって、料理も縫い物も、掃除も洗濯も、全部仕込んでくれたのです…っ」

「そういう理由があったのか」

ルシアンはクラーラを慰めるような優しい目で見つめると、微笑を浮かべて言った。

「クラールスはまだ幼いし、これからもっと成長するだろう。もし兄たちのようにたくましい体になれなくても、神々がなにかお考えになってクラールスを小さく作ったのだ。クラールスにしかできないことがきっとあるから、体が小さいことを気にすることはない」

「は、はい……」

ルシアンに真剣に慰められたクラーラは、優しくて思い遣りのあるルシアンに嘘をついたことに、深い罪悪感を感じた。きゅっと唇を噛んでうつむくと、場の空気を変えようと思ったのか、ルシアンが明るい声で言った。

「そうそう。クラールスは小姓という名目で呼んだのだから、部屋はわたしの部屋の続きを使いなさい」

「えっ、殿下のお部屋の続きを…!?」

「そう。それから、クラールスに頼みたいことは、おいしいお茶をいれることくらいだな。あとの時間はクラールスの好きに過ごしてよい」

「は、はい…っ」

こくこくとうなずいたクラーラは、内心では大混乱をしていた。

(だって、だってっ、殿下のっ、男の人の隣の部屋なんて…っ)

兄とだってそんな近くで寝起きしたことはないのだ。べつになにかが起きるとか、そんなことはまったく考えていないが、扉一枚隔てた隣で眠るのは、皇太子なのだ。

(皇太子殿下……、ルシアン、様……)

名前で呼んでみたら胸がぎゅうっとして息が止まるくらいときめいてしまった。どうしたんだろう、人を好きになるとこんなことが起きるんだろうかと混乱していると、どうした、と当のルシアンがほほ笑んで尋ねてくるのだ。綺麗な微笑にまたしても胸をときめかせたクラーラは、ぼうっと見とれながら、うっかり言ってしまった。

「ルシアン様ってお呼びできたら、嬉しいなって……」

「うん？　そう呼びたいなら呼べばよい。わたしを殿下と呼ぶ決まりはないからね」

「……、あっ、は、はいっ、ありがとうございますっ」

うっかりと心の中のことを口にしてしまったことに気づき、クラーラは焦って頭を下げて礼を言った。

（……あれ、でも……）

ルシアンとモリスの茶器にお茶を注ぎながら、クラーラは内心で首を傾げた。

（名目は小姓って、どういう意味かしら……。家にモリス様が来た時、侯爵には内緒で野菜や肉が欲しいとおっしゃっていたけど……）

もしかして自分がここに呼ばれたのは、侯爵に怪しまれずクラーラの家から食材を運びこみたい、そのためには馬車がいる、馬車を出すには人を運びこむという理由が必要、だからクラーラを小姓として呼ぶことにした……そういうことなのかしら、と考えた。

（でも、もしそうだとしても、どうして食材が必要なのかしら……。皇太子殿下のお食事だもの、侯爵がちゃんとお出しするはずでしょう……？）

なんだかよくわからないわ、とクラーラは不思議に思った。

ルシアンから、お茶がとてもおいしい、もちろんパイもおいしいなど、クラーラが我知らずニコニコしてしまうようなたわいもない話をしながら、のんびりとお茶を楽しんだ。茶器を片づけながら、とにかくここには女中がいないのだから、できる限り自分が気を配ってさしあげなくては、と思ったクラーラは、ふと花瓶に生けてある花を見ると、まあいけない、と思った。

茶器を乗せたワゴンを押して厨房に戻ったクラーラは、先ほどは二人しかいなかった厨房にたくさんの料理人が詰めているのを見て目を丸くした。

（ルシアン様一人の食事を作るのに、こんなに大勢の料理人が必要なの？）

皇太子の食事というのは、いったいどれほど膨大な手間がかかるのだろう、王族というのはなにからなにまで庶民とは違うのだと恐ろしくなったが、実際は料理人たちはルシアンだけではなく、警衛兵の分も作らなければならないので、どうしてもこの人数が必要なのだ。

洗い場に茶器を運ぶと、洗い物担当の使用人が、置いといてくれれば洗うよと笑顔で言ってくれた。

「王室専用の茶器だからね、割ったりしたら大事になる。下手にさわらないほうがいいからね」

「そうだったんですかっ、家でいれるみたいにふつうに茶器を使ってしまいましたっ」

「それでいいんだよ。緊張するとかえって手が滑るから」

洗い物係はハハハと陽気に笑った。そこへ背後から、坊や、という声がかかった。はい、と答えてクラーラが振り返ると、料理人の一人が野菜籠の前でニコニコしながら手招きしている。さっとそちらへ駆け寄ると、料理人が籠から出した根菜を手にして、クラーラに言った。

「さっきヤンセン兵隊長殿に聞いたよ。坊やが殿下のお世話係に呼ばれたってね。この野菜も、坊やの家から差し入れてもらったものだろう？」

「はい、そうです。さっき収穫したばかりだから、すごくおいしいと思いますっ」

「それは殿下も喜ばれることだろう。ところでこれは、どう調理するとおいしいのかな」

「あ、これは、……」

王都のある国北部では見かけない野菜なんだと察したクラーラは、これはこうするとおいしいとか、これは調理の前にこう灰汁《あく》を抜いてとか、いろいろ料理人に説明した。ふんふんと興味深く聞いてくれた料理人は、今度はべつの籠から葉物野菜を取りだして、クラーラに見せた。

「これは生食でいいのかな？　宮殿ではこれと似たような野菜を生食で出しているんだが」

「えっと…、あ、これは駄目ですっ」

野菜を見たクラーラが目を見開いて首を振る。料理人は訝《いぶか》しそうに眉を寄せた。

「駄目？　生食は駄目なのかい？」

「いいえ、食べたら駄目なんです。これは偽タリー草といって、食べると体中に湿疹が出るんです。侯爵様のお城からの差し入れですか？」

「ああ、そう。こっちの籠はね」

「じゃあきっと使用人が、これと間違えたんだと思います」

クラーラは自宅から運び入れた籠の中から、料理人が手にしている野菜と似た野菜を取りだした。

「これがタリー草です。それと似ているでしょう?」

「ああ、本当だ、よく似ている。これは気をつけないといけないな、どこで見分けるんだい?」

「すごくちょっとした違いなんです。タリー草は根元のところが紫色なんですけど、偽タリー草は白いんです。ここ、ね?」

「本当だ。これはうっかりしていると間違えるね。ありがとう、殿下の料理番として、なにがあっても毒草などお出しできないからね」

料理人は真剣な表情で両方を見比べて、クラーラに礼を言った。そうだ、皇太子殿下の食材なんだと思ったクラーラは、地元代表という気分になって、こちらも真剣な表情で言った。

「地物の野菜類は、きっと王都にはないものも多いと思います。これから毎朝、わたしが野菜の点検に来ます」

「そうしてくれるとありがたい。頼りにしているよ、ええと……?」

「クラールスです」

「クラールス。よろしく、わたしはウートだ」

「はい、ウートさん」

クラーラはにっこりと笑って料理人と握手を交わした。

ルシアンの部屋へ戻る前に、自宅から持ってきた野菜籠の中から、食用の花を数本抜いた。

ケーキや生食野菜の飾りに使う花なので、食べてもおいしくない……というよりも、味がない。その代わりとても美しい。その花を手にルシアンの部屋へと足を向けた。

一方のルシアンは、クラーラが厨房へ行くのを待ってから、モリスに話しかけた。

「今夜は侯爵が晩餐《ばんさん》に招いてくるだろうな。さてどうしたものか……」

ふう、とため息をこぼす。モリスも眉を寄せて答えた。

「侯爵は王妃殿下の実の兄君です。殿下にとっても義理の伯父上にあたるかた、理由もなく晩餐を断るわけには参りませんし……」

「といって、マルディ茸が煮込まれているかも知れぬソースを肉にかけて食べたい気もしない」

「……やはりわたしがお毒味を」

「駄目だ。おまえになにかがあったら、わたしは裸で侯爵の前に立つようなことになってしまう」

「では近衛兵の中から誰かを」

「彼らにはわたしの代わりに嘔吐《おうと》しなければならない義務はない」

「殿下。わたしたちは殿下のお命を守る義務があります。お毒味も義務の一環と捉《とら》えればよいのです。わたしにも彼らにも、それくらいの覚悟はあります」

「……とにかく、毒味役でもないのに毒味はさせられない」

「殿下、…」

「よい知恵が浮かばなかったら、わたしは疲労で早々に寝てしまったことにすればよい」

「……」

モリスは反対を言いかけたが、ルシアンを晩餐に出さない妙案が思い浮かぶわけでもなく、唇を引き締めて黙りこんだ。

ぴりぴりとした空気の中、黙ってルシアンは考える。侯爵が晩餐に毒物を仕込んではこない、ということも考えられるが、それに賭《か》けるのは危険が大きすぎる。マルディ茸ほどの猛毒をいきなり使ってくることはないだろうが、吐いたり腹を下したりするのは避けたい。

(やはり早寝がいいだろうか……)

考えこんでいると、小さな軽い足音とともにクラーラが部屋に戻ってきた。ふとそちらへ視線を向けたルシアンに、クラーラはぺこりと頭を下げて窓辺に寄った。水色の瞳にイチゴ色の頰のクラーラは宝石で作った置物のように可愛らしくて、ルシアンは微笑した。

ルシアンが眺める先で、クラーラはほほ笑んで、楽しそうに花瓶の花を取り替えていく。花を傷つけまいとする優しくて丁寧な手つきを見ていると心が和む。女子のように小さくて細い手指も本当に可愛らしい。なにより目に楽しいのは、生けてある花を背景に姿絵を描かせたいと思うほど、花が似合う可憐な容貌だ。

「……本当にな。クラールスが男子であることが惜しい」

思わず呟くと、聞き止めたモリスが低い声で言った。

「殿下。稚児趣味はお持ちでなかったはず……」

「もちろんない。男は互いに協力し合う存在で、慈しみ愛する存在ではない」

「いかにもさようでございます」

苦笑するルシアンにモリスはうんうんとうなずく。ルシアンはふふふっと笑って言った。

「それにしてもだ、モリス。クラールスが女子であったら、王都に攫って帰るほどに愛らしいな。あれで男子というのが誠に解せん」

「それはわたしも驚くばかりですが」

「本当に。あの瞳もあの唇も、片手で覆ってしまえるほどに小さな顔も可愛らしい。あの髪も、わたしの母と同じような透けるような金色で美しいな。細い首、細い手首。足首も細いのだろうな。腕の中で抱き潰したくなるほど、どこもかしこも愛らしい」

「たしかに殿下のおっしゃるとおりですが、それはクラールスが子供だからだと思います。これから背も伸び筋肉もつくでしょう。二、三年もすればしっかりとした男らしい顔つきになると思います」

「ああ、兄たちのようになるのだろうな。こんなに可愛らしいのにもったいない。なぜ男子なのだ」

ルシアンの言葉はほとんど愚痴だ。モリスは心の中で苦笑をしたが、それにしても、と思った。これまでどんなに美しい姫君も欲しがったことのないルシアンなのだ。それがここまでクラールスに気を惹《ひ》かれている。よほどルシアンの好みなのだろう。ふむ、と思ったモリスは言った。

「それではクレセンスの親戚の娘でも呼び寄せてみますか？　血筋が同じですから、クラールスとよく似た娘がいるかも知れません。その娘が殿下のお気に入れば、妃として王都に連れ帰ってもよいのではないかと。そうすれば殿下のお妃《きさき》問題も一気に片がつきます」

「片がつくとは乱暴な言い様だな」

ルシアンは苦笑した。

「たしかに、妃が決まれば父上の頭痛の種も一つ減るだろう。が、その分、代わりに問題が起きる」

「……継承権の問題ですね」

「そう。わたしが無事に王都に戻り、妃を取ったとする。まず狙われるのは、わたしの子を産む妃だ。妃が無事に子を産んだとして、その子が男児であれば、今度は我が子が狙われる。妃を連れ帰る前に、まずは問題の根を絶たないとな」

「御意」

モリスは厳しい表情でうなずいた。ため息を呑みこんだルシアンは、花を整えているクラーラに視線を戻し、ふ、と微笑した。ともかく可愛いのだ。

(男子だとわかってはいるが……どこもかしこも細くて小さくて、とても男子とは思えないのがいけない)

クレセンスの館で見た兄たちは二人ともがっしりとした体をしていたから、モリスの言うように、あと数年してしっかりと成長したら、クラールスもあのように男らしくなるのだろうと思う。だがそれにしても華奢だ。クラールスが子供ということもあるのだろうが、もしかしたら生まれつき体が弱いのではないかと思った。

(だが血色はよい。あのイチゴのような頬。無理のないように運動をして成長すれば、丈夫になって、あの兄たちのようになるだろう……)

そう考えて我知らずルシアンはため息をこぼした。もったいない、と、そう思ったのだ。

歌でも口ずさみそうなほど楽しそうに花を整えるクラーラを眺めていたルシアンは、ふと不思議に思ってクラーラに尋ねた。

「クラールス。なぜ花を取り替えているの。もともと生けてあった花が嫌いなのかな」

「あ、いいえ、ルシアン様」

クラーラは手を止めずに答えた。

「地元の者は馴れているので平気なんですけど、最初に生けてあった花は、よそから来た人が花粉にふれるとかぶれるのです。真っ赤になってすごくかゆくなるんです」

「……」

クラーラの無邪気な説明を聞いて、ルシアンはモリスとそっと視線を交わした。クラーラは二人の隠微な行動にもちろん気づかず、少し口をとがらせて言った。

「きっと女中がうっかりしていたんでしょう。すみません、こういうところに気が利かない田舎者で……」

「謝ることはないよ。クラールスがこうして気を利かせて取り替えてくれた。ありがとう」

「あ、は、はいっ」

ルシアンから褒められて、クラーラはまったく嬉しそうにほほ笑んだ。

「気が利かないといえば、食材にも間違いがあったんです。本当にすみません。厨房に行ってよかったです」

ルシアンはまたモリスと視線を交わした。思ったとおり、食材ときた。ルシアンは穏やかな表情と口調を作り、クラーラに尋ねた。

「口にしたら腹を下すような食材が混ざっていた？」

「そこまでひどいものじゃないんですけど、食べると体中に湿疹が出るんです。スープにするとおいしいタリー草という野菜があるんですけど、それとすごくよく似た偽タリー草という草が届けられていたんです」

「ふうん？」

「このあたりの農民なら絶対に間違えないから、農民から仕入れた野菜ではないと思います。きっとルシアン様に採れたてのおいしい野菜を召し上がっていただこうと思って、使用人が間違って森で刈ってきたんじゃないかと思うんです」

「なるほど」

「はい。こちらには王都のほうでは採れない野菜がたくさんありますから、ルシアン様が滞在中は、わたしが厨房で点検することにしたんです。さっきウートさんと約束したんです」

「それは安心だ。本当に感謝するよ、クラールス」

「あの、はいっ、ありがとうございますっ。それくらいしかできないんですけど、頑張りますっ」

ルシアンに優しい笑みを向けられて、今度こそ大赤面したクラーラは、夕食用の着替えを整えてきますと言って、ルシアンの着替え室に逃げ込んだ。

「ああ、本当になんて素敵なの……」

自宅の食堂くらい広い着替え室に入り、衣装簞笥にどっと背中を預けてクラーラは熱いため息をこぼした。

「皇太子という身分でいらっしゃるのに、全然いばってなくて、優しい言葉もよくかけてくださって、平民のわたしなんかにもありがとうってお礼を言ってくださって……」

父親が、皇太子は清廉で誠実な人だと言っていたが、それに加えて優しくて気遣いもできて、こんなに素敵な男の人はいないんじゃないかと思う。

「あんまり綺麗で、それで一目、惚《ぼ》れ、しちゃったけど……、心もとても素敵なかただわ……」

生まれて初めての恋だけど、ルシアンを好きになってよかったと思った。絶対に誰にも言えない片思いだけれど、数日だけでもこうしてそばでお世話ができることが幸せだと思う。

「ルシアン様は本当に雲の上のかたで、ここを発《た》ったらもう二度と会えないけど、クレニエにいる間は心地よく過ごせるように、わたしにできる限りの気を配ろう」

そう呟いて、クラーラは幸せそうにほほ笑んだ。ルシアンが、好きな人が、いつも笑顔で過ごせるようにする。それができる立場にいる自分が、とても幸福だと思った。


クラーラが着替え室へ入ったことを確認したモリスは、卓に身を乗りだすと、ルシアンに声をひそめて言った。

「殿下。危惧《きぐ》したとおり、侯爵は食材に毒草を紛れこませてきました。やはり今宵の晩餐は欠席されたほうが安全です」

「ああ」

ルシアンはゆっくりとうなずいた。

「花粉でかぶれる花に、食べると湿疹が出る毒草か。どちらの症状も、馴れない気候と長旅で、いかにも疲れから出たような症状だ。クラールスがおらず、もしわたしにその症状が出ても、それが侯爵の企《たくら》みによるものか、本当に疲れからなのか、判断のつけられないところだった」

「はい。非常にこざかしい毒草の選びかたです」

「まったくだ。そうした小さな体調不良を起こさせて、この地を発つ日にわたしにマルディ茸を食べさせる。嘔吐と腹下しが出るのはすぐだが、激しい症状が出るのは三日後……そうだな、ちょうど州境のあたりか。あれは解毒の方法がない。二日間、わたしは苦しみに苦しみ、王都へ戻ることもできず、州境の森の中で死に至るだろう。だが人々は皆、疲れと風土病だと思うだろうな」

「……」

モリスがぎりっと奥歯を噛んだ。ルシアンはふーっと深いため息をこぼし、椅子の背もたれに背中を預けた。ぼんやりと宙に視線を投げ、疲れた口調で言った。

「モリス。母上……、前王妃の謀殺から十五年。十五年だぞ」

「は……」

「十五年も王位を狙い続ける気持ちとは、どういうものだろうな。王位とは、十五年間も執着するほど欲しいものだろうか」

「……」

「常に暗殺の標的にされる。他国とは、戦になるかならないかの折衝で、日々心身をすり減らす毎日だ。生半可な覚悟では国王など、国を治めるなど、できるわけがないのにな」

「……恐れながら。侯爵は我が国を治めたいと望んでいるわけではないと思います」

「……うん？」

「国王という権力が欲しいのではないでしょうか。侯爵を含め、民が目にする国王は、国賓を招いての豪華な晩餐会や、あるいは慶事の際のパレードで国民から祝福を受けたりと、そういうお姿です」

「つまり、日々贅沢な食事をして楽しく暮らしているという印象か」

「それが一つ。もう一つは、民から税を徴収できるという権利です。重罪人の首を刎ねることができる権力。国典に反した者を処罰できる権力。その国典を定めることのできる権力。それを持っているのは国王だけです」

「……ああ。国を、民を、己の好きにできると、大いなる誤解をしているわけか」

ルシアンは思わず笑ってしまった。呆れて、首を振りながら言った。

「民の命に責任も持たず、贅沢だの気に入らない者を牢に入れるだの、好き勝手をしたいというのなら、国王よりも今の侯爵、州の領主のほうがよほど好き勝手ができるというのにな。不寝番がいてさえ毒を盛られるという夜を、そんなに過ごしてみたいのか」

「……」

「本当に呆れるな。国政に不満があり、今の国王の治世を覆したいなど、その程度の理由はあるのかと思っていたが」

ルシアンはくくっと笑うと、椅子に座り直し、ひどく冷たい表情で言った。

「どのような小さなことでもよいから、侯爵を蟄居《ちっきょ》させる理由が欲しいな」

「誠に」

「いっそのこと今宵の晩餐に出て、こちらで用意した毒でも飲んで、わたしが倒れた責任を侯爵になすりつけるか」

「殿下っ。冗談でもそのようなことを仰せになるものではありませんっ」

ルシアンが半分本気で言っているだろうことを察したモリスは、顔色を変えて怒った。

一方、着替え室にいるクラーラは、居間でそんな物騒な話が交わされているとも知らず、明かり取りの小さな窓の帳《とばり》を開けた。そして、ぽかんと口を開けた。

「泥棒でも入った……？」

そう呟いてしまったくらい、床中に衣服が放り置かれているのだ。荷物箱という荷物箱も開けられ、そこにも衣類が出し損ねたというように引っかかっている。

「すごい……女手がないとこうもひどいことになるのね……」

逗留先では毎回こうして衣類を散らかし、出立の日に箱に詰め込むということを繰り返してきたのだろう。

た。

「よし、片づけよう」

クラーラは気合いを入れて、散らばり置かれている衣服を手早く衣装箪笥に収納していった。

「ああ、なんて綺麗なの……」

刺繍のどっさり施されている上着を手に取って、クラーラはほうっと吐息をこぼした。衣類はどれも絹織物でできていて、なめらかな手ざわりも、柔らかく光を弾く輝きも、見るだけでうっとりしてしまう。贅沢に刺繍やビーズが施されているし、上着の裏地の鮮やかに花を染めた生地など、壁掛けにしてもいいくらいに美しいのだ。クラーラ自身は絹の衣類など、今身につけている礼服しか持っていないし、それだって男子用の地味なものだ。こんなに綺麗な衣服もあるのかと驚いたし、いつか自分も着られるようになったらいいなと憧れた。もちろん女の子の服、スカートだ。

正装と盛装用と日常着用に分けててきぱきと収納をすませたクラーラは、今夜の晩餐会用の衣装を揃えにかかった。

「ルシアン様は濃い金色の髪と優しい琥珀色の瞳をしていらっしゃるから、明るい色がお似合いね」

春の空のような青色の上着、ベストには顔をパッと明るくする白地に金の刺繍のものを選んだ。ズボンは上着に合わせて青みがかった灰色にする。肩帯には濃い紺色を選んだので、靴も合わせて同じ色にした。

「……剣帯はいるのかしら……。晩餐会だもの、剣は下げていかないわよね……？」

クラーラは悩んだ。

クレセンス家は今は半農半自由民で、大昔の州統合の戦に負けて称号は取り上げられてしまったが、先祖は領主、つまり貴族だった。クラーラの父親をはじめ、クレセンス家の当主は代々、称号はなくともクレセンス家として誇りを持って過ごしていくことが大事だと考えきた。だから日常生活でも冠婚葬祭でも、貴族の儀礼やしきたりを守ってきたので、クラーラも「主賓として晩餐会に出る時の正装」くらい、きちんと揃えられるのだ。

剣帯についてはルシアン本人に直接聞けばいいわと思い、上着とベストをかけた衣紋掛《えもんか》けを片手に、もう片腕にはズボンをかけ、靴も持って着替え室を出た。

「あ、…」

居間へ一歩入ったところでクラーラはビクッとして足を止めた。ルシアンに客と思われる人物が来ている。まさか侯爵!?　と思ったら足がすくんで、その場に固まってしまった。ルシアンの正面にひざまずいていた男が、ゆっくりとクラーラを振り返ってじろりと一瞥《いちべつ》してきた。怖くてひくっと呼吸を詰めたクラーラを見た男は、クラーラに視線を向けたままルシアンに言った。

「…あの者は、どなたでしょうか。皇太子殿下の侍従には見えませんが」

「まあ、侍従ではないな」

ルシアンが素っ気なく答える。男はクラーラをじろじろ観察しながら言った。

「寛仁《かんじん》な殿下のことでございますから、視察の道々、行き倒れの子供でも保護されましたか。このような時勢でございますから、どこの誰ともわからぬ者を殿下のおそばに上げるのは、危のうございます。こちらでこの者の身元をお調べ申し上げます」

男の言葉を聞いてクラーラは青ざめた。名前や家族のことを聞かれる分にはいいが、身体検査までされたら、女の子であることが知られてしまう。そうしたらきっと侯爵に捕まって、生き血を……。

(ど、どうしよう……)

小さく体がふるえてきた。

クラーラの怯《おび》えに気づいたルシアンは、ふ、と指を立ててクラーラの視線を引くと、目が合ったのを確認してから、大丈夫だ、とうなずいてみせた。客に視線を戻してルシアンは言った。

「そちらの手を煩わせるまでもない。今回の視察は長旅になるからな。随行の人員を減らすために侍従は連れてこなかった。これまでの逗留地とは違い、ここには数日滞在する。日常の用をする者が必要になったわけだ」

「は」

「近衛兵隊長ではどうにも勝手が悪い。ゆえにそこのクラールスを呼んだ。クレセンス家の三男だ」

「クレセンス家の息子でございますか……」

値踏みするように男に見られて、怖いのと不愉快なのとでクラーラはますます固まった。誰なの、侯爵なの、とふるえるクラーラから男はようやく視線を外し、ルシアンを見て言った。

「クレセンス家の者であるならば、ご心配はないでしょう」

「わたしももう子供ではないからな。親のように気を回されなくとも一通りのことはできると思っている。だが、礼は言っておこう」

「……出すぎた口を申しました。ご海容のほどを」

「それで、用件はなんだ」

「は」

皇太子に皮肉を言われた男は、わずかに身を縮めて、侯爵からの晩餐への招待の口上を述べた。聞いていたクラーラが、よかったこの人は侯爵ではないのだわ、と少し安心したところで、ルシアンの後ろに控えていたモリスが答えた。

「晩餐の招待はありがたくお受けする。その際、皇太子殿下のお食事は、すべてこちらでご用意することをご承知置きいただきたい」

「殿下のお食事は、そちらでご用意なさると…？」

使者はうろたえたようにモリスに顔を向けた。

「恐れながら、それはどのような理由によるものでございましょう？　我が主は心を尽くして殿下をおもてなしする所存でございます、殿下がお召し上がりにならないと知れば、落胆はいかばかりか……」

「王族をお迎えしたことがないのならわからないことかも知れぬが……」

モリスはもったいつけるように言葉を切って続けた。

「それが慣例だからだ」

「慣例、でございますか……」

「そうだ。侍従もつけておられないのに、なぜ料理人だけは同行させていると思うのだ」

「は……」

「殿下のお食事に合わせてそちらも食事を整えたいと申すなら、のちほど料理長より今宵の献立を知らせるように申しつけておく」

「は、ありがとうございます。まずは主に殿下のお返事を申し伝えて参ります。殿下におかれましては、おくつろぎのところ、些事《さじ》にてお時間を賜《たまわ》り、恐縮至極にございます」

使者はルシアンに深く礼をすると部屋を出ていった。ルシアンは小さく笑い、モリスに言った。

「慣例とはよい方便だった」

「わたしもこざかしくなって参りました」

「そのようだな。ともかくも、今宵の晩餐は安心だ。礼を言う、モリス」

「かたじけのうございます」

モリスが会釈をする。ルシアンはうなずいて、クラーラに視線を向けた。

「クラールス、こちらへおいで」

「は、はい……」

まだふるえている足でルシアンの近くによると、ルシアンはクラーラを安心させるようににっこりと笑みを見せてくれた。

「そんなに怯えなくてもよい。大丈夫だ、クラールスはわたしが無理を言って世話を頼んだのだ。侯爵にも誰にも叱らせたりはしないから」

「はい」

ルシアンの言葉に今度こそ安心して、クラーラもようやく微笑を浮かべた。それから自分の用件に気がついて、手に持ってきた着替えを見せた。

「ルシアン様の晩餐のお衣装は、これでいいですか？」

「うん？」

クラーラの揃えてきた着替えを見て、ルシアンは驚いて少し目を見開いた。王族の、それも皇太子の正装としてしっかりと儀礼を踏まえているし、それよりも上着とベストの取り合わせが斬新で美しいのだ。ルシアンは感心して言った。

「春の先駆けにふさわしい色柄だな。とても美しい。クラールスはもしかして、絵が得意か？」

「い、いえっ」

衣装選びを褒められて、クラーラは素直に頬を赤くして答えた。

「絵は得意ではありません。でも、こうやって衣服を取り合わせるのは好きです。綺麗な服が好きなので、人形の着せ替えも自分で作っています」

「クラールスは人形遊びをしているのか」

思わずといったふうにルシアンが笑った。クラーラは、しまった、男の子の振りを忘れていた、と焦った。とっさに言い訳が思いつかなくて、泣きそうになりながらクラーラは答えた。

「ご、ごめんなさい、女の子みたいで…っ」

「なぜ謝る？」

ルシアンはにっこりと笑った。

「人形好きな男子でも構わないではないか。このモリスの妹など、女子でありながら剣を扱う。好きなもの、得手は人それぞれだろう」

「は、はい……」

「衣服に興味があるのなら、将来は仕立屋になればよい。本当に素晴らしい感性をしている」

「そ、そうですか…っ、あり、ありがとうございますっ」

褒められて嬉しくて、クラーラは照れ笑いをした。その様が可愛らしくて、ルシアンも釣られてほほ笑みながら言った。

「わたしの着替えはいつも侍従が揃えてくれるのだが、上着は黒に決まっているし、ベストも黒か、あるいは深緑ばかりなんだ。このような鮮やかな色合いのベストや上着があるなど、わたしですら知らなかった」

「そうなのですか!?　ご自分の衣装なのに!?」

「知らなかった。気分の明るくなる色でとても嬉しいよ。クラールスはなぜこの取り合わせにしたの？」

「え、なぜって、あの、ルシアン様の瞳の色に合わせました。優しい琥珀色をしていらっしゃるから、それに髪の色も綺麗な金色だし、ルシアン様はとても素敵なかただから、明るい衣装が合うと思って……」

「ふうん？　素敵って、なにが？」

「え……」

思いがけない質問だった。それにルシアンは本当に不思議そうな表情をしているのだ。こんなに素敵な人なのにわからないのかしら、と思ったクラーラは、そこでまた、しまった、と思った。またしても自分が男の子の振りをしていることを忘れて、丸きり女の子の気持ちのままで、素敵だと言ってしまったのだ。どうしよう、と思ったけれど、ルシアンが素敵なことは本当だから、うろたえながらも正直に答えた。

「なにって、全部です。あの、ふつうにシルアン様は素敵です。自分のことだからわからないのかもしれないですけど、お顔が、あの、すごく綺麗で、び、美男子でいらっしゃって……っ」

「へえ？」

「本当ですよっ、だからみんな、ルシアン様のことはふつうに素敵だと思うんですっ」

「それはありがとう」

クスクスとルシアンにも、モリスにも笑われてしまった。自分でも下手なごまかしかただと思ったけれど、こんなに素敵なのだからそのことについて正直に伝えられてよかったとも思った。

熱くなってしまった顔を伏せていると、ルシアンが言った。

「クラールスこそもっと華やかな服を着ればいい。わたしよりもずっと明るい金の髪に、水色の瞳をしているのだ。そのような黒い服よりも、もっと明るい色の服のほうがよほど合うと思うが」

「ありがとう、ございます……」

クラーラの頬はますます熱くなった。ずっと男の子の服を着て、男の子の振りをしてきたから、こんなことを言われたのは生まれて初めてなのだ。母親にも言えないことだが、本当は明るくて華やかで綺麗な服を着たいのだ。裾のふわふわするスカートを穿きたいし、髪だって可愛く結ってみたい。リボンとやレースで髪や服を飾りたくて、泣きたくなるほどなのだ。そんな気持ちを抑え、クラーラは答えた。

「礼服はこれしか持っていないのです。結婚式などに出る時に着るので、黒ではないといけないから……」

「ではわたしの世話をしてくれる礼に、服を仕立ててあげよう」

「……え!?」

「なにを驚く。クラールスはわたしの小姓なのだから、小姓にふさわしい服を仕立てようと言っているだけだ。クラールスはどのような生地が好きだ？　色や……刺繍は間に合わないだろうが、そのほかはどうにでもなるだろう。さあクラールス、どんな服がいいか、わたしに教えてごらん」

「いいえ、いえっ、そんな、とんでもない…っ」

クラーラは、ルシアンがおや？　と思うほど顔色を変えて首を振った。服を仕立てるだなんて、本当にとんでもないことだ。寸法を測る時に女の子だと知られてしまう。クラーラがブンブンと首を振ると、ルシアンが不思議そうに言った。

「服の一着くらい、遠慮をすることはない」

「いいえ、いいえっ、ほ、本当にいりません、遠慮しますっ」

「クラールス？」

「ごめんなさい、ルシアン様のお気遣いは嬉しいです、本当です、でも服は、仕立てるのは、遠慮させてください…っ」

「……そうか。華やかな服を着たクラールスを見てみたかったのだが、残念だ」

ルシアンはそう答えてにっこりと笑った。クラーラはホッとしたが、ルシアンが内心で訝しく思っていることに気づかなかった。

その夜。

料理人たちと厨房で夕食をとったクラーラは、与えられた部屋……ルシアンの寝室と続きの部屋で、せっせと手仕事をしていた。料理にも使う香辛料の粒に、針を通して糸でつないでいる。香辛料の首飾りを作っている要領だ。

「香辛料も家から運びこんで、よかった」

ふふ、と笑った。香辛料の粒が小さいので単純だが手間のかかる作業を続けながら、さっきのことを思いだして、ぽうっと頬を染めた。晩餐会に出るルシアンの着替えを手伝った時のことだ。物心がついて以来、上半身だけとはいえ、成人男性の裸を見たのは初めてなので、驚いた。

「あんな……、あんなに、筋肉がついているなんて……」

服を身につけているルシアンからは想像もできなかった。腕には縄のような筋肉がついていた。胸も盛り上がっていたし、お腹もパンを並べたように割れていた。

「戦になったら戦場に出るのだし、鍛えていらっしゃるんでしょうね」

自分や母親の体とはまったく違って、たくましいのはたくましいのだが、それよりも綺麗だなと思った。

「羽ばたく鷲《わし》が美しいように、走る馬が美しいように……」

こうあるべきという理想の美しさなのだと思った。無駄のない美しさ。

「本当に綺麗だった……」

そこまで呟いて、大赤面してしまった。男の人の裸を思い浮かべて感心するなんて、なんだか自分がいやらしい女の子になってしまったようで、とても恥ずかしくなったのだ。クラーラは熱い頬に手のひらをあてて冷やしながら、でも、と思った。

「あんなにたくましいのだから、きっと美しい姫君を抱き上げたりなさるんだろうな……」

王都には、それこそ見たこともない美しい女性がたくさんいるだろう。王宮には、自分のような平民ではなく、貴族の生まれの本物の姫君がいて、とても綺麗で、もしかしたら……

いいや、きっとルシアンには思いを寄せる美姫がいるのだ。その美姫を大切に優しく抱き上げたりしているのだろう。

「……」

クラーラの胸はチクチクと痛んだ。ルシアンに思われている姫君が羨ましいという気持ちと、嫉《ねた》ましいという気持ちがある。身分が違うこともわかっているし、だいたい自分はあの美しいルシアンにふさわしい綺麗な姫君でもない。よくわかっている。でも。

「……もし、わたしがふつうの女の子みたいに、素敵なスカートを穿いて、ふつうの女の子として生きていたら……」

好きです、と、打ち明けることくらいはできたのかなと思い、ひどく悲しくなった。できるなら今から女の子として生きたいと思う。どこもかしこも綺麗でたおやかな姫君にはとうてい及ばないけど、でも、桃色やバラ色のスカートを穿いて、髪も結って、花を挿《さ》して、自分なりに可愛く装いたい。けれどそれは、この町を出てからでなければ叶わないことだ。

「この町を出るのは……、ルシアン様が王都へ帰ってから……」

クラーラは切ないため息をこぼした。ルシアンに見せることができないのに、素敵に着飾っても意味はない。そう思った。いつのまにか止まっていた手を再び動かして香辛料をついでいく。

「平民のわたしがルシアン様のそばにいられることが、夢のようなことなのよ」

だからそばにいられる間だけでも、自分にできる限りの想いを捧げようと思った。

・

翌朝。

クラーラは太陽が大地から顔を出した頃、ううーんと伸びをして体を起こした。寝台から下りて、窓掛けを開ける。まだ空の半分は夜の色を残していたが、雲はほとんどなく晴天だ。

「よし、今日もいい天気っ」

笑顔になって着替えにかかった。

クラーラの家は、広いブドウ畑や菜園を持っているが、作物の栽培は小作人に任せている。けれど農民を監督したり、同時に事故やなにかの危険なことから農民を守るのも、主《あるじ》である父親の役目だ。そのため父親も早く畑に出るし、家族もそれに合わせて皆早起きだから、クラーラも当然のように早起きなのだ。

手早く身支度を整えたクラーラは、足音を立てないようにそうっと隣の部屋……ルシアンの寝室に入った。

「よく寝てる……」

小声で呟いて、うふふと笑った。横を向いて寝ているが、ほとんど掛布は乱れていないし、ものすごく寝相がいい。皇太子は眠る時もお行儀がいいのねと感心して、そうっと着替え室に入った。

「朝靄が濃かったし、今日は気温が上がるわね」

シャツとベストは薄いものにして、上着で温度の調節ができるように衣装を整えようと思った。衣装箪笥を開けると、昨日クラーラがきちんと収納したとおり、衣紋掛けにかけられた衣類が、整然と並んでいる。そのどれもに、クラーラが夜なべして作った香辛料の首飾りがかけられている。ふわりと香辛料の香りが鼻をくすぐり、クラーラは満足そうにほほ笑んだ。

選んだ衣装を衝立《ついたて》にかけて、軽くブラシをあててから、寝室とは反対、居間側の扉から着替え室を出る。居間から応接室を通って部屋を出ると、当然だが警衛の兵士が立っている。クラーラが笑顔で朝の挨拶をすると、兵士もにっこりと笑ってうなずいてくれる。クラーラは元気に厨房に足を向けた。

「おはようございますっ」

厨房でも元気に挨拶をする。さすがに料理人たちは朝が早く、すでに皆忙しく立ち働いていた。クラーラはウートを見つけるとそばに寄って言った。

「ウートさん、おはようございます。野菜の点検に来ましたっ」

「おはよう、クラールス。仕事の前に、まずは朝食をとりなさい」

「わあ、ありがとうございますっ」

お願いしていなかったのにクラーラの朝食まで用意されていた。あとでみんなの残り物をもらおうと思っていたクラーラは感激して、厨房の隅でおいしくいただいた。

(わあ、このスープすごくおいしいっ、なにを煮こんでいるのかしら)

家でも作れるかなと考えていると、ウートがやってきて聞いた。

「午後のお茶のお菓子は、今日もクラールスのお母さんが作ってきてくれるの？」

「今日はないと思います。昨日はわたしがこちらへ上がるついでに、ご挨拶代わりに持たせてくれたのです」

「ああ、そうだったのか。味見をしたけど、イチゴがとてもおいしかったよ」

「ありがとうございますっ。そうだ、よければこのあたりでしか採れない果実を摘んできましょうか。春ナシと呼ばれている橙色の小さい実なんですけど、本当にナシの香りがする甘い果実なんです」

「それはいいね、初めて聞く果実だ。やはりパイにするのがいいのかな」

「酸味がきつくないので、なんにでも使えます。パイもおいしいし、蜜煮にしたものはお茶に入れたりクッキーにつけたりします」

「生食にはできるの？」

「食べられますけど、皮が硬いんです。ええと、ブドウの皮を五倍くらい硬くした感じです」

クラーラの答えを聞いて、それは生食では無理だなぁとウートは明るく笑った。パイを作ってみるとウートが言うので、それならあとで摘んできて届けるとクラーラは約束した。

朝食を終えて、侯爵から届けられた食材の点検をする。今日は野菜類に問題はなかったが、果物のほうに、またしても「間違って」リベリューの果実が混ざっていた。冬スモモの実と似ているが、リベリューは食べると数時間、手足が痺れて感覚がなくなるし、大量に食べると意識を失う。死ぬことはないけれど、皇太子の手足を痺れさせるなんてとんでもないことだから、クラーラはリベリューを残らず籠から出した。

「もう、これを摘んでくる使用人は、地元の人じゃないのかしら。野草は馴れていないと危ないのに……」

けれどモリスを通じて侯爵に苦情を言うのはためらわれる。あの魔物のような侯爵だ。誤って毒草を採ってきた使用人にどんなひどい罰を下すかと思うと、使用人が哀《あわ》れでとても苦情など言えないと思った。その代わりに自分が毎朝、しっかりと点検をすればいいと思い、クラーラは唇を引き締めて食材を検めていった。

「クラールス、食材の点検は終わったかい？」

「はい、籠の食材は安心して使ってください。えっと、料理法も教えましょうか」

「それはあとででいいよ。殿下のお目覚めの時間だから、お茶をお持ちして」

「あ、はいっ」

ワゴンにはすでに茶器が完璧に整えられている。クラーラはカップに熱湯を注いで温めながら、ワゴンを押してルシアンの部屋へ向かった。

その少し前。ルシアンはモリスに起こされて目覚めたところだ。

「モリス……おはよう。不寝番はおまえが？　申し訳ない」

「おはようございます、殿下。不寝番こそが近衛兵における最も重要な任務ですから、新兵などには任せられません」

真面目な表情でモリスが言うので、ルシアンは思わず笑ってしまった。訓練を終えた近衛兵がまず最初に就かされる任務が不寝番だからだ。

「きちんと仮眠を取ってくれ、モリス」

「ありがとうございます。クラールスにお世話を任せたら、休ませていただきます」

ルシアンが体を起こすと、さっとモリスが頭板に枕《まくら》を重ねた。侍従の仕事が板についてきてしまっている、と思ったルシアンは、笑いを噛み殺して積み上げられた枕に背中を預けた。

「……昨夜《ゆうべ》の晩餐の時に、静養も兼ねたいから、今日の昼餐はなしにしたいと侯爵に言った」

「それが一番安心でしょう。晩餐会もなしにしたいところです」

「ああ。侯爵はこちらで食事を用意することが、たいそう不満らしい」

ルシアンがクククッと笑う。

「晩餐の席で、是非ともロワージュ地方の郷土料理を食べてほしいと、それはしつこく言ってきたからな。いったいわたしになにを食べさせたいのやら」

「クレセンス家から食材を運びこんで、本当によかったです」

「ああ。そう、クラールスのことも気に入らないようだ。世話係なら侯爵家から出すとしきりに言っていた。冗談ではないさ。侯爵の息のかかった者を身近に置くわけがない。まさか侯爵は、わたしがなにも気づいていないと思っているのだろうか。わたしはもう、十五年前の子供のわたしではないのだがな」

ルシアンが疲れた笑いをこぼす。うなずいたモリスが、そういえば、と言った。

「城内で立ち働いている上級の女中たちですが、皆美女で驚きました。が、それよりも驚いたのは、ほとんどがアンテール州の出身なのです」

「ふうん？　お堅い近衛兵隊長も美女には目がいくのか」

「美女だけではなく、家令にも執事にも従僕にも目はいっております」

「そうか、そうか。だが、なぜアンテールの出身だとわかった」

「女中同士話しているところを通りかかりましたら、アンテール訛《なま》りがあったので、尋ねてみました。殿下、妙ではありませんか」

「うん？」

「奥方や姫君につく部屋付きの女中なら、広く貴族の娘を受け入れるのはわかります。しかしただの上級女中まで、どうしてアンテールなどという遠くから雇い入れるのか。侯爵が美女だけを集めているとしても、ロワージュにも美女はたくさんいるでしょう。なにかこだわりでもあるのでしょうか」

「……あるのかもな、こだわりが」

ルシアンがフンと鼻で笑ったところで、寝室の扉がノックされた。

「おはようございます、ルシアン様、お目覚めですか？」

そうっと扉を開けて中を覗いたクラーラは、もうすでにしっかりと目覚めているルシアンを見て、にこっと笑った。

「昨夜は晩餐会で、眠るのが遅かったのではないですか？　ルシアン様は寝起きがいいのですねっ」

とても皇太子相手の言葉とは思えないことを元気に言うクラーラに、モリスは思わず噴きだしそうになって、とっさに横を向いて肩をふるわせた。ルシアンのほうは、王宮はもちろん、王都でも絶対に出会えないほどの素直なクラーラの言動に癒やされている。

自分はルシアンという個人の前に皇太子という公人だ。幼い頃から、些細な駆け引きを有利に運ぼうとする大人たちに利用されてきた。そのせいというかおかげというか、自分は周囲からは、皇太子という身分でしか見られていないのだと、骨身に染みて理解したのだ。皆が世辞を言うのも褒めるのも、どんな意見だろうと同調するのも、すべてルシアンが皇太子だからだ。けれどクラールスは宮廷での駆け引きや権力闘争とは完全に無関係だ。それゆえルシアンに心を尽くしてくれるのも、ルシアンが皇太子だからではなく、「素敵なルシアン様」だからだと信じられる。

（まあ、男子から素敵と言われることは、あまりないが）

綺麗な衣服が好きだということだから、贅沢な王族の衣服に心を奪われて、それを身につけているルシアンまで素敵に見えるのだろうかな、と考えた。

そんなルシアンの前で、クラーラは今朝も丁寧にお茶をいれた。優しい手つきにルシアンの心が和む。モリスの入れる軍人茶とは比べるのも馬鹿らしいほど、深い香りが立つおいしいお茶だ。寝起きで乾いた体においしいお茶が心地よく染みこんでいく。ゆったりした気分でお茶を飲んでいると、着替え室に引っ込んだクラーラが今日の着替えを両腕に下げて出てきて、寝台脇の衝立にかけた。その衣装からふわりとよい香りが漂ってきて、ルシアンはおや？　と思ってクラーラに尋ねた。

「クラールス。この香りはなに？」

「あ、これです」

クラーラは衣紋掛けから外した香辛料の首飾りを見せた。

「これは挽《ひ》くと香辛料になるんです。よい香りがするし、粒のままなら防虫の効果もあるので、女の人の香り袋の代わりに、男の人には糸でつないだものを衣服にかけておくのです」

「そうなのか。初めて見る」

「王都にはきっともっと洒落《しゃれ》たものがあるのでしょうね。ここは田舎なので、みんな森や山で採ってきたものを使っているんです。この香りは疲れている時に気分を和らげる効能があるんです」

「ふうん？」

「ほかにも、頭が痛い時や気分が悪い時に使うと、不調を和らげてくれる香りもあります。クレニエではその日の気分や体調に合わせて、いろんな香りを使い分けているんです」

「なるほど、香油のようなものか」

「この香りが気に入らないようでしたら、違う香りで作り直しますから、おっしゃってください」

「もしかして、クラールスが作ったのか？」

ルシアンはひどく驚いた表情を見せた。クラーラは、なにをそんなに驚くのかしらと思いながら、こくんとうなずいて答えた。

「作ったと言っても、粒に糸を通すだけです」

「いつ作ったの。昨夜？」

「はい。あの、することもなかったので……」

「そうか」

ほこっと胸が温かくなり、ルシアンはひどく優しいほほ笑みをクラーラに向けた。たちまち頬を赤くする様が本当に可愛いと思う。命じたわけでもないのに夜なべをして、ルシアンのために、気分が和らぐ香りの小道具を作ってくれた。

(わたしが尋ねなければ、クラールスはこの気遣いを黙っていたことだろう)

褒めてほしいとも、感謝してほしいとも思っていないのだ。本物の真心にふれてルシアンの心が和らぐ。本当に、なぜクラールスは男子なのだと腹立たしくなった。

茶器を寝台用の卓に戻したルシアンは、本日の衣装をちらりと見て、ふふふ、と笑った。今日はなんと、上着とズボンの色がまったく違うという大技を繰りだしてきたのだ。

(ブドウ色の上着に鉄紺色のズボンとはまた、大胆な)

まず絶対に侍従なら取り合わせない色だが、それぞれの色が落ち着いているので派手には見えない。暗い色ばかりを選ぶ侍従の選択はたしかに無難だが、日常に着るのならクラールスが選んでくれるような、こうした明るい色がいいと思った。なにより気持ちが明るくなる。

(本当によい子だ。まだ子供だというのに身の回りのことはすべて自分でこなせるうえに、針と糸まで使えるのだ。性質も明るくて気立てがよくて……)

クラールスならきっと、特になにもない日々にもなにかしらの小さな幸せを見つけて、心豊かに暮らしているのだろう。

（そのなにもない、平穏で平凡な日々を、わたしは守らなければ）

クラールスのためだけではない。この町で、この州で、この国で、クラールスと同じように毎日に小さな幸せを見つけて生きる人々のために、戦もなく飢えることもないように国を治めていかなくてはならないのだ。

（そのために、国の基礎として王室の安定を図らなければ）

モリスの言ったように、ただ王位を、権力を手に入れたいという理由だけで国王の暗殺を謀《はか》った侯爵を、なんとしても排除しなければならないと思った。


目覚めのお茶と着替えという、朝のお世話を滞りなくこなしたクラーラは、昼食まではすることもないはずだと思い、モリスを探して館内を歩いた。

「あ、モリス様っ」

ちょうど庭園側の出入り口から入ってきたモリスを見つけて、クラーラはパタパタと走り寄った。

「モリス様、わたしでも扱えそうな馬がいたら、貸していただけませんか」

「馬？　どこかへ遠出でもするのか」

「裏の森へ行きたいのです。ウートさんに、春ナシの実を摘んでくると約束したので」

「春ナシ？」

「はい。ナシみたいな味がしてすごくおいしいんです。王都では手に入らない果実なので、今日はそれでお茶の時間のパイを作ろうって、ウートさんと話してたのです」

「まさに、ロワージュの郷土料理だな」

「ええと、料理というかお菓子なんですけど……」

モリスの侯爵への皮肉もクラーラにわかるはずがない。クラーラはとまどいながら言った。

「歩いても行けるのですが、お昼までに戻ってきたいので……。駄目でしょうか」

「いや、馬は出してあげるよ。めずらしい果実なのだろう、殿下もお喜びになるはずだ」

「はいっ」

だったらいいなと思ってクラーラが思いきりの笑顔を見せると、モリスも、めずらしい果実をルシアンに食べさせたいだなんて、可愛らしいことを言う少年だと思った。

モリスがすぐに兵に命じて一頭の馬を庭に引きだしてくれた。灰色の馬で、見るからに優しい目をしている。モリスが馬の首を撫でながら言った。

「この馬はサーデクという名だ。とてもおとなしくて気性のいい馬だよ。離れていても名前を呼べばやってくる」

「そうなのですか、賢いのですね。サーデク、一緒に果実を採りに行こうね」

クラーラが馬の首を撫でると、サーデクはきゅうっとこちらに顔を向けて、クラーラの頭にキスをしてくれた。たちまちモリスが笑いだす。

「サーデクに気に入られたようだな、クラールス。さ、気をつけていっておいで」

「はい、ありがとうございますっ」

クラーラは厨房から借りてきた小さな籠を腕にかけて、身軽く馬にまたがった。

侯爵の城は小山のてっぺんに建っている。人の手で造園した庭を進むと、そのまま周囲の手つかずの森につながっているのだ。小山も、ドンと一つだけ立っているわけではなく、周囲には三つほどのもっと低い小山が連なっている。この小山の群れが全部侯爵の庭だとすると、大変な広さだわとクラーラは思った。

一人で森へ入るところを侯爵に見つかりたくないので、迎賓館側の庭園からいったん手近の森へ入り、そこから遠回りをして城の真後ろの森へ入る。山は町に近いし、周囲にはブドウ畑が広がっているし、てっぺんには侯爵の城もあるしで、狼《おおかみ》や熊といった危険な動物はいない。賑《にぎ》やかな鳥のさえずりを聞きながら、冬でも葉を落とさない常緑樹の森を進んだ。

「気持ちいいね、サーデク。木々の新芽がもう膨らんでる。あと一週間くらいでいっせいに芽吹くわね」

古い葉が落ち、新しい葉と入れ替わっていくと、山は鮮やかな緑色に装いを変える。ブドウ畑でも裸の木に葉が芽吹き、町は若緑色に染まって一気に春めくのだ。

山の南面へ回り、隣の山との底地に着くと、クラーラは馬を下りた。日当たりと風通しのよい場所に春ナシは自生している。橙色の小さな実をいっぱいにつけた春ナシの茂みを発見したクラーラは、思わず笑顔になって茂みに駆け寄った。

「食べ頃の実がこんなに！　誰も摘みに来ないのね。鳥とわたしたちだけのごちそうだわ」

完熟して傷もついていない実だけを選んで摘んでいく。割れている実はその場でポイと口に入れ、ぎゅっと歯で噛んだ。たちまちあふれてきた果汁を味わい、クラーラは目を見開いた。

「…っ、すっごく甘いっ。極上の実だわっ」

これならパイにしても甘煮にしてもおいしいことは間違いない。ルシアンも喜んでくれるだろうと思い、せっせと実を摘んでいった。とはいえ無駄に収穫したりはしない。パイと蜜煮を作るに十分なだけを摘むと、今度は近くに生えていた肉料理のつけ合わせにする野草や、こうした里山でしか拾えない、しかも今の時期しか手に入らない木の実を拾い集めた。

「これは炒《あぶ》って蜜を絡めるとお菓子になるし、砕いて生の野菜にかけてもおいしいのよね。挽いてパンを作る時に混ぜれば、木の実の香りが香ばしいパンになるし」

こんな田舎の地のものだし、決して高級品ではないけれど、ロワージュに来なければ食べられないものばかりだ。ルシアンもめずらしく思ってくれるといいなと思ながら、クラーラは夢中で野草や果実を籠に摘んでいった。その時だ。

「クラールス・クレセンス」

「ひゃっ!?」

ふいに背後から氏名で呼ばれた。ねっとりと絡みつくような低い声だ。心臓が痛くなるほど驚いて振り返ったクラーラは、数メルト向こうで馬にまたがっている男を見た。

(誰? 病気なのかしら……)

そう思うほどに顔色が悪い。皮膚にも張りや艶《つや》がないから老けて見えて、いったい何歳なのかわからない。ただ、目だけは異様に強い光を放っていた。灰色の瞳は瞳孔《どうこう》が広がってて、その真っ黒な中に吸い込まれそうで、怖い、とクラーラは思った。

その場に棒立ちになってしまったクラーラに、男は無表情のまま言った。

「わたしはロワージュ侯爵ヴェーリンデンだ」

「……っ!!」

クラーラは一気に血の気が引いた。これが侯爵……若い女性の生き血を飲むという、魔物のようなヴェーリンデン侯爵。

(ど…しよう……)

まさか自分が女の子だと知られてしまったのだろうか。今ここで自分を捕らえて、生き血を飲むつもりなのだろうか。そう怯える一方で、そんなはずはないとも思う。ルシアンのそばに上がってから、誰もクラーラを女の子だとは思ってもいない。男の子として接してくれている。うまくやれている、とクラーラはふるえる自分を励ました。

（でも、それならなぜ、わたしに声をかけたの……それも、こんな森の中までやってきて……）

理由がわからなくて怯えるクラーラを、侯爵は馬上からじっくりと観察しながら言った。

「クラールス・クレセンス。ルシアン皇太子殿下がおまえを小姓として召したと聞いた。誠《まこと》か」

「…は…はい……」

「ふん。出迎えの時にでも見初《みそ》められ、その顔でたぶらかしたか」

「な、なに……なにも、していません……」

皇太子をたぶらかすなんてとんでもない。なにか勘違いをしているのだろうかと思いながらも、怖くてあとじさるクラーラに、侯爵はすっと目を細めて言った。

「クラールス。殿下のおそばに上がるについて、父親からなにを頼まれた？」

「な、なにも、頼まれて、いません……」

「そのような嘘が通ると思うか。わたしはロワージュ領主だ。正直に言わねばどうなるかわかるな？」

「……」

「さあ、言え。おまえはクレセンスからなにを頼まれた？」

「ほ、本当に、なにも、頼まれて、いません……せ、精一杯、殿下のお世話を、するようにと、それだけ……」

本当のことだ。クラーラが首を振りながら、父親からはなにも頼まれていないと繰り返すが、侯爵は信じてくれない。クラーラを冷え切った目でひたと見据えて言った。

「見たところ成人前の子供のようだな。なにを頼まれてきたのか正直に言えば、ひどいことはしないぞ」

侯爵がニイッと笑った。子供だと思っているクラーラを懐柔しようと思ったのだろうが、その笑みはとても心がホッとするものではない。獲物を見つけた魔物の笑みはこんなだろうとクラーラが思うような笑みだった。恐ろしくて声も出せなくなったクラーラがただ首を振ると、侯爵は低く笑って言った。

「我がヴェーリンデン家がフランジリア王室を恨んできたのと同じほど長い時間、おまえのクレセンス家も我が一族を恨んできたのだろう？　よくわかる」

侯爵はゆっくりとうなずいたが、クラーラにはなにを言っているのかまったくわからない。硬直して侯爵を見つめるクラーラに、侯爵はどこか楽しげに続けた。

「隷属を強いられる屈辱は、たとえ何百年経とうとも忘れられるわけがないからな。ロワージュ統一の戦で、おまえの一族は我がヴェーリンデン一族に敗れた。クレセンス一族はほとんどの領地を我が一族に接収され、ヴェーリンデン家の家臣に降《くだ》った。戦で負けたのだから、それは当然の処遇だ」

「……」

「ところがそのあと、三州統一の戦で、我が一族はフランジリアの王に負けた。そう。迎賓館に逗留されておられるルシアン皇太子の祖先。フランジリア王国の始祖王、アユーヴ・ヴァン・デ・ベルデにな」

侯爵はなにがおかしいのかククククと笑った。

「我が一族も、支配される屈辱をたっぷりと味わったとも。なぜ豊かな土地を治めていた我が一族が、小麦しか育たぬ痩《や》せた土地の領主に頭を下げなければならない？　我が領地の宝であるブドウ酒を、なぜ頭を下げてまで納めなければならない？　ひどい屈辱、侮辱だ。同じ思いを、おまえの一族、クレセンス家も、我が一族に向けて抱えてきたのだろう？」

「……」

「かつて自分たちが住んでいた城を我々に奪われ、下から見上げる日々を送ってきたのだからな。クレニエを豊かにしているブドウ畑も、かつてはすべてクレセンス家の領地だった。恨んでいるだろう、我がヴェーリンデン一族を。わかっている。当然だ」

また、ククク ッと侯爵は笑った。けれどクラーラは侯爵がなにを言っているのかまったく理解できなかった。

（そんな、話……お父さんからも、おじいちゃんからも、聞いたこともないもの……）

自分のすぐ目の前にいる侯爵は、生き血を飲む魔物として自分たちだけではなく、町の人々すべてから恐れられている。けれど侯爵の父親、先代のヴェーリンデン公はとてもよい領主だった。税や収穫物を召し上げるだけではなく、領内に飢える人を出さなかった。季候が悪くて計画どおりのブドウが収穫できない時は、納められるだけのブドウ酒を王室に納め、わざわざ王都まで出向いて規定のブドウ酒が納められない事情を話し、侯爵の蓄えから罰金を支払っていた。クレニエだけではなく、ロワージュの州民皆から尊敬されていたのだ。

（それに、何百年も前の話なんて、家では話題になったこともない……）

もちろん家の歴史は知っているし、礼儀作法も貴族の当時のままを受け継いできている。けれどそれだけだ。今は農民として暮らしているし、それが当たり前になっているし、それで幸せなのだ。

（今の侯爵を恐れてはいるけど、ロワージュ統一の戦で負けたことを根に持って、何百年もヴェーリンデン家を恨み続けるなんて……あるわけがないのに……）

だが目の前の男が、本気でフランジリア王室を恨んでいることは伝わってくる。まるでつい昨日、戦で負けたように。

（ほ、本当に、魔物なの……？）

数百年の時を超えてきたのだろうかと思い、クラーラは心底ゾッとした。

侯爵は微笑を作り、子供をなだめる時のような優しい口調で言った。

「クラールス。父親からなにを言われてきたか、教えてくれないか。殿下に取り入れと言われたか？　それともなにか……わたしについて、殿下のお耳に入れるようにと言われたか？」

「な、なにも、なにも、言われていません、本当です……」

「クラールス、怒らないから言ってごらん。ん？　そうだ、おいしい菓子をやろう。城へ行って、ゆっくりと話をしよう。殿下に召されたいきさつについて、最初からすべて、聞かせてほしい」

そう言って、侯爵はゆっくりと馬を進めてくる。クラーラはじりじりとあとじさった。城へ連れていかれ、万が一にも自分が女の子だと知られてしまったら、生き血を取られるだけではすまないだろう。女子が生まれていたことを隠していたことで、家族みんなに罰が降るに違いない。それも、想像もできないような恐ろしい罰が。

(に、逃げなくちゃ…っ)

クラーラは春ナシを入れた籠を放りだし、パッと身を翻した。

同じ頃、ルシアンは居間で、つい先ほど届いた王宮からの書状を読んでいた。

「……ああ、よかった。モリス、父上は持ち直しそうだ」

ふ、と小さく安堵の息をついたルシアンに、モリスもほうっと大きく息を吐きだした。

「本当にようございました。前回の報告では、薬酒を飲めるようになったとのことでしたが……」

「ああ。まだ体を起こすことは叶わないが、ごく軽いものなら食べられるようになったそうだ。よかったよ。人間、口からものを食べられるようになれば、そう簡単に死にはしない」

「ああ、本当に安堵いたしました…っ」

「ああ。毒が抜けたのだろう。ひとまずは安心だ」

ルシアンも心底嬉しそうにほほ笑むと、ふう、と息をついて背もたれに背中を預けた。

「あとは後顧の憂いを絶つだけだ。それが一番厄介なのだがな。……モリス、お茶を」

「わたしがいれるのでよければ」

「うん？　クラールスはどうした」

なるべくなら軍人茶は遠慮したいルシアンが尋ねると、モリスは軍人らしくなくクスクスと笑って答えた。

「裏の森へ、春ナシという果実を摘みに行っております。このあたりでしか収穫できない果実とかで、パイにして殿下にお出ししたいと。殿下を喜ばせ申し上げたいのでしょう」

「……なんとも可愛らしいな」

ルシアンも優しい微笑を浮かべた。クラールスがいると心が穏やかになる。

「よい子だな。真《ま》っ直《す》ぐで素直で、損得を考えずわたしのことを思ってくれる。宮廷にはまずいない心根の持ち主だ。本当に、そばに置いておきたいよ」

「クレセンス家は元は貴族、クラールスも貴族としての躾《しつけ》は受けているようですが、恐らく十三、いって十五です。小姓とするには年齢が」

「育ちすぎているな。今から騎士見習いにすると言っても、わたしはクラールスを騎士にしたいわけではない。今のようにそばにいて、わたしに優しい心を見せてほしいわけだからな……。しかし、本当にクラールスは男子なのか……」

ルシアンが呟く。モリスは苦笑をして言った。

「男子に決まっております。なにしろ馬に乗って森へ行ったのですよ。男勝りと言われるわたしの妹でさえ、馬には乗れません」

「……」

「殿下。ではははっきり申し上げますが、クラールスが女子であったら、胸のあたりがもっとこう、膨らんでいるでしょう。女子のそうした魅力的な要素はクラールスにはありません」

モリスが断言するのでルシアンは思わず笑ってしまった。

「モリス、おまえは宮廷の淑女たちが、どのようにあの胸を作っているのか知らないのか」

「は？」

「機会があったら淑女のドレスを脱がせてみるがいい。涙ぐましい努力をおまえも知っておくべきだ」

「はあ……」

「どれ、裏庭へ散歩にでも行くとしようか。戻ってくるクラールスに会うかもしれない」

腑《ふ》に落ちないという表情をするモリスをククと笑い、ルシアンは椅子を立った。

迎賓館の横手の出入り口から外に出て、のんびりと裏庭へ向かって歩いていく。初春のうららかな日が穏やかに降り注いで気持ちがいい。風はまだ冷たいがどこからかすかに花の香りも漂ってきて、春はもうすぐそこまで訪れているのだと知れる。

館の裏手から手入れの行き届いた林のような風情の裏庭を散策する。地面のあちこちで、なにかの芽がわずかに顔を覗かせているのが愛らしい。古い板敷きの散策路を進んでいくと、手入れのまったくされていない朽ちかけた庭に入った。崩れかけた花壇や泉水、庭の中央には、こちらも崩れそうな石造りの小屋がある。平屋で、昔は休憩小屋として使われていたのだろう。屋根や窓飾りの意匠が素晴らしいが、今やその窓には板が打ちつけられて、扉の取っ手には鎖が巻かれ錠が取りつけられていた。ルシアンはちらりと背後を振り返り、迎賓館からこの裏庭が見えないことをたしかめると、侯爵は外から見えるところだけを取り繕う人柄のようだと思った。

「手を入れれば素晴らしい庭になるだろうに」

「誠に。……っ!?」

うなずいたモリスが、次には全身を緊張させた。

「……殿下。蹄の音が聞こえます」

「蹄の音？　わたしには聞こえないが」

「たしかにいたします。近づいてくる……。殿下、迎賓館に戻られたほうがよいのでは。侯爵家の庭園で蹄の音など、ただ事ではありません。さあ殿下」

モリスがルシアンをかばうように前に立ちふさがり、館へ戻ることを促す。まさか馬でわたしを撥《は》ねるわけではあるまい、と思ったルシアンの耳にも、その時蹄の音が届いた。

裏の森ではクラーラが、侯爵から逃げようと必死で駆けていた。だがここは山と山の間の底地だ。迎賓館へ戻るには山を登らなければならない。走るとは気持ちだけで、実際は早歩きに近かった。

「ルシアン様、ルシアン様…っ」

無意識にルシアンの名を口にしながら山を登るクラーラは、背後で侯爵が笑うのを聞いた。思わず振り返ると、侯爵は余裕のある表情で馬を進めて距離を詰めてくる。クラーラの全身から冷や汗がにじんだ。

「駄目、頑張って走っても、馬の足には敵《かな》わない……っ」

けれど諦めて侯爵に捕まる気もない。自分も馬を呼ぼうと思った。モリスは、この馬は名前を呼べば来ると言っていた。でも。

「さっき知り合ったばかりで、まだ友達にもなっていないのに、来てくれるかどうかわからない…っ」

けれどこのままでは確実に侯爵に捕まってしまう。駄目でもともと、と思い切り、クララは馬を呼んだ。

「…サーデクッ、サーデク!」

必死で馬を呼んだがなんの反応もない。馬の姿も見えないのだ。ああ、やっぱり来てくれないと絶望しかかった時。なぜか上から馬が駆け下りてきたのだ。そうしてクラーラの前でたたらを踏むように足踏みをして止まってくれた。

「ああ、サーデクッ、ありがとうっ」

手綱を取って後ろを振り返ると、余裕の笑みを浮かべていた侯爵の顔が、たちまち魔のように恐ろしくなった。クラーラが馬で来ていたとは思ってもいなかったのだろう。侯爵が馬の腹を軽く蹴った。馬の歩様が上がる。

「いけない…っ」

クラーラはあぶみに足をかけると、またがる時間も惜しくて、首にすがりついた状態で馬を出した。

「走って、サーデク、どこでもいいから走ってっ」

言葉が通じたわけではないだろうが、サーデクが走りだす。さすがに軍用の馬だけあって、山もたやすく駆け上っていく。けれどこの状態では馬の背に乗ることもできない。

「振り落とされるよりは……っ」

あぶみにかけた足とは反対の足を、なんとか馬の背にかけた。落馬しかかってしがみついているような有様だ。

「ごめんねサーデク、走りづらいわよね、でもお願い、ここから離れてっ、わたしを逃がして…っ」

まるでクラーラの気持ちがわかるように、馬は速度を上げて駆けていく。主のもとへ帰るのが当たり前、というふうに、馬は真っ直ぐに迎賓館を目指して走ってくれるのだ。これなら逃げられるかもしれない、と思うクラーラの背に、待て、という侯爵の怒鳴り声が届いた。振り返ることすら恐ろしくて、クラーラはぎゅっと馬にしがみついた。

「いや、怖い、怖い、怖い、捕まりたくない……っ」

速く、もっと速く、お願いサーデク、と願ううちに、城の背後が見えてきた。もうすぐだわ、とクラーラは希望を持ったが、しかし手も足もふるえてきていて、力が入らなくなってきている。

「もうそんなに長くしがみついていられない…っ」

だがここで馬から落ちたら侯爵に捕まり、自分は絶対に助からないことはわかっている。

ふるえる手足で馬にしがみついたまま、怖いのかつらいのか悲しいのかわからない、ぐちゃぐちゃの気分でべそをかいた。なんとか馬にすがりついているうちに、ふいに地面が平らになった。城の敷地内に入ったのだ。

「もう少し、もう少しよ…っ」

馬のことも自分のことも励まして、汗で滑る手で何度も馬の首にすがりつき直す。馬は歩様を緩めず、ぐるりと城を回って裏庭に突入した。迎賓館までもうすぐだ。そこまで行ければ、モリスはいなくとも近衛兵の誰かがいるはずだ。そうすれば助かる。そう思って必死に前方に顔を向けたクラーラは、裏庭に立つ二人の人……、ルシアンとモリスを見て、思わず叫んでいた。

「……ルシアン様っ」

クラーラの叫びを聞いたのか、ルシアンがこちらへ顔を向け、仰天した表情を浮かべた。だがすぐに、モリスを押しのけて前に出るや言った。

「クラールス！　わたしが受け止める、だからここまで頑張れっ」

「ルシアン様っ」

「もう少しだ、絶対に馬から手を離すなっ」

「は、はいっ」

本当は、もう駄目、と思っていた。けれどルシアンの姿を見たら、まだ頑張れるという気持ちが湧いてきた。手も足も、それどころか体全部が限界で、自分でもよくすがりついていられると思う。それでも、ルシアンのそばへ行くまでは決して馬から落ちたりはしない、と思った。

モリスが馬を落ち着かせようと、サーデク、と声をかける。その声に応えて、馬はモリスのほうへ向かってしまった。モリスはルシアンの後ろにいる。駄目、とクラーラは焦った。

（このまま突っこんだら、ルシアン様にぶつかってしまうっ）

クラーラは叫んだ。

「ルシアン様、どいてくださいっ、このままではサーデクにぶつかってしまいます、危ないからどいてっ！」

ところがルシアンは、どくどころかクラーラのほうへ走り寄ってくるのだ。駄目、本当に、どいて、とクラーラが叫ぶうちに、とうとう馬がルシアンの目前に迫った。

「サーデク、ルシアン様を避けてっ」

クラーラが叫んだと同時に、馬はルシアンの真横を走り抜けようとした。ルシアンが叫んだ。

「今だクラールス、飛び移れっ！」

「……っ!!」

ルシアンがクラーラに向かって両腕を伸ばした。迷っている時間はなかった。クラーラは意を決し、ルシアンの腕をめがけて馬から身を離した。

ドッ、という衝撃とともにクラーラはルシアンの腕にしっかりと抱き留められていた。それでもまだ怖くて、ぎゅっと目をつむってルシアンの服を握りしめていると、もう大丈夫だ、というルシアンの声が耳元で聞こえた。恐る恐る顔を上げたクラーラは、間近でルシアンが優しくほほ笑むのを見た。

「さあクラールス、もう大丈夫だから。泣かなくてもよい」

「……っ」

はい、と言いたかったが、喉が詰まったように声が出なくて、クラーラはただうなずいた。安堵なのか助かったという嬉しさからなのか、涙が止まらない。その後ろではモリスが馬の手綱を取り、首を叩《たた》いて落ち着かせながら眉を寄せて言った。

「サーデクは滅多なことでは暴れない、気性のおとなしい馬です。乗っているクラールスを振り落とそうとするなんて……」

聞いたクラーラは、違うんです、と伝えたくて、首を振った。サーデクは振り落とそうなんてしていない。それどころかクラーラをぶら下げて、走りづらかっただろうにここまで連れてきてくれたのだ。声が出せなくてただ首を振るクラーラを不審に思ったのか、ルシアンがわずかに眉を寄せて尋ねてきた。

「クラールス、どうした。なにがあった？　裏の森で果実を摘んでいたのではないのか？　獣にでも出くわしたか？」

「……、……っ」

違います、侯爵が来て、怖くて逃げてきました、と答えそうになり、はっとクラーラは言葉を呑みこんだ。

（侯爵が怖いって正直に言っても、それはどうしてかって聞かれたら、答えられない……）

侯爵が若い女の生き血を飲んでいる魔物だなんて、きっと信じてくれないだろう。それにそんなことをルシアンに告げたら、ルシアンは侯爵に真偽を尋ねるかもしれない。そうなったら……。

（家族がひどい目に遭う）

だから、言えない。

クラーラはルシアンに抱かれたまま体をふるわせ、ただ首を振り続けた。その時、モリスが言った。

「殿下。ヴェーリンデン侯爵が来ます」

「……っ」

ビクッとして、クラーラはいっそうルシアンにしがみついた。振り返ると、廃《すた》れた庭園の向こうから、侯爵がゆっくりと馬を進めてくるのが見えた。侯爵はクラーラと一緒にいるのがルシアンだと気づいたのだろう。一瞬、しまった、とでもいうような表情が侯爵の顔をよぎった。クラーラに視線を移した侯爵は、皇太子になにを言った、なにを暴露した、と責めるような目つきで見つめてくる。クラーラの体はさらにふるえた。その時、なぜかふふっと笑ったルシアンが、クラーラになんとも甘い微笑を見せて囁いた。

「大丈夫だよ、クラールス」

そうしてクラーラをしっかりと抱き直すと、表情を引き締めて侯爵に視線を向けた。

侯爵はゆっくりと間近まで馬に乗ったままやってくると、ルシアンの目の前で下馬した。笑みをつくってルシアンに礼をした侯爵に、ルシアンが穏やかに言った。

「おはよう、ヴェーリンデン侯。どうやらクラールスを追ってきたようだが、わたしの小姓がなにかしたか」

「いいえ、殿下」

侯爵は慇懃《いんぎん》に答えた。

「城からふと外を見ましたところ、子供が一人で山の裏手へ降りていくのが見えましたもので。危険な場所もありますから、注意をしがてら迎えに行ったのでございます。まさか殿下の小姓とは知らず、差しでたことをいたしました」

「そうか。気遣いをありがとう」

「礼には及びません、殿下」

侯爵はちらりとクラーラを見て、さらにクラーラをふるえ上がらせながら言った。

「そういえば昨日、殿下を晩餐にご招待いたしたく遣わした者が申しておりましたが、このたびの視察の旅に、殿下は侍従をお連れではないそうで」

「ああ。経費の削減というやつだったかな、モリス」

そのとおりです、とモリスが答える。侯爵はいかにも感心したという表情を作って言った。

「ご立派な心がけ、感服いたしました、皇太子殿下。遣いの者に聞きましたところ、その小姓、クレセンス家の三男だとか。見たところまだまだ子供、殿下のお世話にはいろいろと行き届かないところがありましょう」

「それで?」

「はい。僭越《せんえつ》ながら、わたくしが召し抱えている使用人の中から、作法の行き届いている者を殿下のおそばに上げたいと存じます。もちろん、一人とは言わず、ご所望の数だけ」

「心遣いはありがたいが、その必要はない。クラールスはただの世話係ではない。夜伽も申しつけているのでな」

ルシアンの言葉を聞いたとたん、クラーラは恐怖も忘れて赤面してしまった。そんなことは申しつけられていないから、もちろんルシアンの嘘だとわかる。

(でも、だけど、夜伽だなんて…っ)

それにクラーラは男の子だと思われている。そのクラーラに夜伽を命じているなんて、ルシアンが稚児趣味を持っていると思われてしまうではないか。あんまり驚いてルシアンを見ると、ふ、と微笑したルシアンがキスをしてきたのだ。

（わ、わ…っ）

避けようと思えば避けられた。けれど避けたらルシアンの言葉が嘘だと知られてしまう——。そんなことを一瞬で考えたクラーラは、固まったまま軽いキスを受けてしまった。

たちまちクラーラの全身は燃えるように熱くなった。なにしろクラーラはルシアンに恋をしている。美しくてたくましくて優しいルシアンが好きなのだ。そのルシアンにキスをされては平静ではいられない。頭に血が上りすぎてクラクラしてしまったクラーラは、仕方がないとはいえルシアンの肩にもたれてしまった。まるでルシアンに寵愛されている小姓が甘えているように見える。侯爵もそう思ったのか、わずかに眉をひそめたが、すぐに笑みを作ってシルアンに言った。

「それではこちらから見目のよい少年をお上げいたしましょう。寝台での作法を心得ている者を」

「いや、無用だ」

フンと鼻で笑ったルシアンは、侯爵め、食い下がってくるな、と内心で苦笑しながら答えた。

「クラールスほど見目の麗しい男子はいないだろう。紅を差しドレスを着せたら姫君で通るぞ」

「それは……、さようでございますが、…」

「わたしがクラールスを気に入っているのだ。これからはクラールスにどんな気遣いも必要はない。森へ行こうが町へ出ようが、好きにさせておけ。わたしの小姓だ、わたしが許す」

「……は」

侯爵はうっそりと答えて頭を下げた。ルシアンはクラーラを腕に抱いたまま、迎賓館へ足を向けた。

逃げられた、と心底安堵したクラーラの全身から力が抜けた。馬にしがみついて山を登ってきたから、力が尽きているともいう。クラーラが全体重を任せているというのに、ルシアンは軽々とクラーラを抱き運んでいくのだ。力持ちなのね、とクラーラはぼんやりと思った。ルシアンの部屋に到着する。居間に入り、ルシアンは長椅子に腰掛けた。クラーラを抱いたまま膝に乗せる。そのままキュッと抱きしめられたクラーラは、慌てて言った。

「ルシアン様、あの、侯爵様からその……、助けてくださって、ありがとうございました」

「うん？　いや」

「あの……、も、もう大丈夫です、あの、お、お膝から下りてもいいですか？」

「このまま座っていればいい」

ルシアンはほほ笑んでそう言うのだ。クラーラを抱く腕も解いてくれない。この状況はなに、と恥ずかしさで頬を染めながらも混乱していると、モリスが部屋に入ってきた。

「クラールス、甘いお茶をいれてもらったよ。さ、飲みなさい、気分が落ち着くから」

「あ、はい、ありがとうございます……」

モリスに勧められるまま茶器を受け取った。もちろん、ルシアンに抱っこされたままだ。自分はこんなふうにあやしてもらうほど子供に見えているのだろうかと、軽い衝撃を受けながらお茶を口に運んだ。たっぷりと蜜が入っているのかとても甘くて、モリスが言ったように気持ちが落ち着く。それと同時に頭がジンジンと痛むことに気づいて、自分はよほど緊張していたのだと自覚した。

(でももう本当に大丈夫……)

ルシアンが機転を利かせて助けてくれた。クラーラがほうと吐息をこぼして両手で茶器を包むと、ふとルシアンの指先が目元に伸びて、涙を拭ってくれた。クラーラはやっと、自分が泣いていたのだと気づいた。

「あ……」

怖くて泣くなんて本当に子供だ。恥ずかしくてますます顔を赤くすると、ルシアンはそっと髪を撫でながら言った。

「わたしのために果実を摘みに行ってくれたのだろう？　惜しいことをした。今度は二人で摘みに行こう」

「あ、そうです、春ナシ…っ。ごめんなさい、摘んだのですが落としてしまって……」

今日は春ナシのパイは作れない。ルシアンを喜ばせようと思っていたのに……。そう思ってしょんぼりとうつむくと、ルシアンが再びきゅっと抱きしめてくれた。

「パイのことは気にしなくてもよい。それよりも今日はもう部屋から出ないように。また恐ろしい目に遭うかもしれないからね」

はい、と答えるより先にルシアンにあごを取られた。そのまま二度目のキスを受ける。さっきよりもしっかりとしたキス。軽く唇を吸われるキスを、二回も。クラーラは一瞬で全身を真っ赤にした。

(な、な、なんで、なんで!? わ、わたしっ、男の子の格好してるしっ、ルシアン様だってわたしのこと、男の子だと思ってるのに…っ)

なぜキスをしてくるのか。クラーラとしては恥ずかしいけど嬉しい。でもクラールスなのだと思うと、ルシアンの行動はまったく理解できなくて、ただただ混乱が深まった。ルシアンはトマトのように真っ赤な顔になったクラーラをふふと笑うと、ようやくひょいと膝から下ろしてくれた。

「さあ、部屋へ行っていなさい」

「は、はい…っ」

ルシアンに優しく頬を撫でられて、クラーラはますます顔を熱くして、パタパタと部屋に駆け込んだ。

クラーラが自室に入ってしまうのを待って、モリスがため息をこぼしてルシアンに言った。

「殿下。やりすぎです」

「なにが」

ルシアンはご機嫌でニコニコと笑っている。モリスは眉を寄せて言った。

「侯爵からクラールスを守る口実として、あのように仰せになったことはわかります。そのあとの口づけも、信憑性《しんぴょうせい》を持たせるためになさったのでしょう。しかしですね、今さっきのあれは、クラールスをからかうにしろ、やりすぎだと言っているのです。殿下が本当に稚児趣味をお持ちでクラールスのことを好いているのだと、あれでは勘違いされても仕方がございませんよ」

「そうか、稚児趣味だと思われたかな。しかしまあ、わたしはそれでもいい」

「殿下」

とうとうモリスは深いため息をこぼすと、顔をしかめて苦言を呈した。

「わたしは王室に忠誠を誓っております。国のためなら命も投げだす所存です。その忠義とはべつに、殿下ご自身のことも尊敬申し上げております。ですから、殿下に稚児趣味があろうとも、平時であればわたしは見て見ぬ振りもできます」

「ほう、見て見ぬ振りか」

「そうです。しかし、今は時が時です。殿下は皇太子であられます。次の国王になられるおかたです。なにかしらの謀略を抱えているであろう侯爵の近くにいる今、そのお立場で稚児趣味など持っていると噂されたら、殿下の足をすくう種にされましょう」

「稚児趣味ごときで？」

「そうです。どんな小さなくだらないと思われる噂でも、悪意を持ってねじ曲げれば、いかようにもなります。特にクラールスは元は貴族とはいえ、今は平民の子供です。皇太子が平民の子供をいたぶり遊んでいるなどと言われたらっ」

言っているうちに気持ちが昂《たか》ぶってきたのか、モリスの日に焼けた顔が赤銅色《しゃくどういろ》になった。

それをニヤニヤしながら眺めるルシアンに、とうとうモリスは、殿下！　と強い口調で言った。

「モリス。クラールスはな。あれは、女子だ」

ルシアンはニヤリと笑って答えた。

「……は!?　女子ですと!?」

モリスは目を丸くした。

「なにを仰せですか、クラールスが女子など、誰が信じますかっ」

「ほう。女子としての魅力的な特徴が見えないからか？」

「それもございますがっ、馬に乗るのですよっ。さきほどなど曲芸のごとく馬にしがみついてきたではございませんかっ。あれが女子などと誰が信じましょうっ。それとも殿下にはクラールスが女子だとお思いになる、たしかな根拠でもお持ちなのですかっ」

「そうだな。まず第一に、あの可憐な容貌だ。目も鼻も口も、輪郭も、すべてが女子のものだ」

「見目が麗しい男子なのでございましょうっ」

「それから小さい手、細い指、細い手首。首など、ちょっと摑んだら折れそうなほど細いぞ。どこもかしこも砂糖細工のように華奢だ」

「それはそうですが、病弱ということも考えられます」

「お茶をいれる時、片づける時。わたしに召し替えをさせる時、衣服の手入れをする時。諸々所作がたおやかだし、糸でつないだ香辛料を見たか？　あの細やかな気遣い。どれもこれも男は持ち合わせていないものだ」

「ううむ……」

「それに覚えているだろう？　人形遊びが好きだと言ったこと。衣服が好きだとあの時クラールスは言っていたが、わたしが服を仕立ててやると言ったら、顔色を変えて断った。遠慮ではない、固辞だ。なぜだと思う？」

「……さあ……」

首を傾げるモリスに、ルシアンはまたニヤリと笑って言った。

「仕立屋に体を見せられない、つまり、女子だからだ」

「いや殿下、それだけでは、…」

「ずっと不審に思ってきたのだ。今さっきあの子を腕に抱いてやっとわかった」

「は？」

「細い腰、柔らかな体。おまえが言う女子の魅力的な要素もな、わたしの体に柔らかく押しつけてくれたよ」

「……なんと……」

「そう。あの子は女子だ」

モリスはもう言葉もない。ぽかんと口を開けてルシアンを見つめていたが、すぐにハッとして、眉を寄せた。

「それではなぜ男子の格好をしているのでしょう。それも家族ぐるみであの子を男子として扱っています」

「そう、それが謎《なぞ》だな……」

ルシアンも思案顔になった。しばらく考えこみ、それからゆっくりと言った。

「……モリス。おまえはこの町の女は、侯爵家で下働きをしているのではないかと言ったな。だから町に若い女の姿がないのだと」

「はい、言いました。貴族の屋敷での奉公は、平民の女にとって、よい嫁ぎ先を選べる有利な条件になります」

「ああ。だが実際に侯爵の城で仕えている上級の女中は、みなアンテールの出身だそうだな。クレニエの若い女が、全員、下働きをしているというのか？　それこそ何十人も？」

「……そう言われれば妙ですね。この城には侯爵しか住んでいない。料理人も洗濯女もそんなに多くは必要としないはずです。窓掛けや掃除の女中として、少しは表に出てきていないと数が合いませんな……」

「もしかして町の若い女たちは皆、クラールスのように男の格好をしているのか？　あるいは家から出さないようにしている……」

「しかし殿下、そうする理由がわかりません」

「まったくだ。が、それはクラールスに聞けばよい」

「うーむ……」

首を傾げ、あごに手まであてて考え込むモリスだ。けれどルシアンは、いかにも楽しそうにふふっと笑うと言った。

「あの子を王都に連れていったら、思いきり美しいドレスを着せてやりたい。髪も結い上げ花で飾り、細い首にふさわしい首飾りと、細い指にふさわしい指輪もな」

「殿下、まさか……」

モリスは唖然として言った。

「クラールスを妃になさるおつもりですかっ。いやそれは、いくらなんでも早計にすぎますっ、せめて公妾《こうしょう》になさってはっ」

「そうだな。第一にあの子の気持ちを尊重しなければいけないな。いくらわたしがあの子に心を傾けているとはいっても、あの子から嫌われていたのでは話にならない。無理やり妃にするなど外道のすることだ。少しでもわたしのことを好いていてくれれば望みもあろうが」

「……」

ルシアンがふうと物憂いため息をこぼす。それを見たモリスは、本気なのか、と思い、返す言葉もなかった。


侯爵から助けてもらってから、ルシアンに言われたとおり、クラーラはずっと部屋に籠もっていた。ルシアンは食事もクラーラの部屋に運ばせるという徹底ぶりで、ここまで守ってもらわなくてもいいのだけど、とクラーラは恐縮してしまったほどだ。

ルシアンの衣類の手入れをしたり、モリスが運んできた茶器とお湯でお茶をいれたり、そんなことで一日が終わってしまった。お世話係として呼ばれているのに、全然お世話ができていない。そう思って落ちこんでいると、モリスがクラーラを呼ぶ声が聞こえた。

「お召し替えだわっ」

たちまち笑顔になったクラーラは、パッと寝台から立ち上がって着替え室に入ると、寝間着を持ってルシアンの寝室に入った。

「ルシアン様、お召し替えのお手伝いをします」

「ああ、頼む」

はい、と答えたクラーラは、部屋に入った時から視線を落としている。なぜといってルシアンは、湯浴みを終えたばかりで、下半身に湯浴み用の布を巻いているだけだからだ。

(湯浴みのお手伝いはモリス様がなさってくださって、本当によかったわ…っ)

本来ならそれも小姓の仕事だろうが、成人男性の下半身など見たことすらないから、恥ずかしくて体をこすってあげるどころではないと思うのだ。

できるだけルシアンを見ないようにしながら、頭からかぶるタイプの寝間着を着せつける。それから足元に膝をついて、下半身に巻きつけてあった布を引き抜くのだ。夜はまだ冷えるのでガウンを着せて、それでは、と下がろうとしたところでルシアンが言った。

「申し訳ないが、休む前にわたしに寝酒を持ってきてくれないか」

「はい、いつものお酒をお持ちします」

クラーラは元気に答えて居間へ行った。ルシアンのためにいろいろすることが楽しいのだ。ルシアンが寝台に入る前に飲む薬酒を小さな杯《さかずき》に注ぎ、盆に載せて運ぶ。寝室ではルシアンが寝台に腰掛けてクラーラを待っていた。

「ルシアン様、どうぞ」

「ありがとう」

杯を受け取ったルシアンは一息にそれを飲み干すと、空の杯をクラーラに返し、ニヤリと、どうも意地の悪そうな笑みで言ったのだ。

「クラールス。伽を命じる」

「……え……」

伽、と聞こえた。伽って……。理解したクラーラは一瞬で顔を真っ赤にした。ルシアンの床の相手をしろと言われているのだ。だが次には青ざめた。自分の住む国の皇太子の命令だ。しかも、国王の容態によっては明日にでも新国王に就くかもしれない人だ。従わないわけにはいかない。第一に、王族の言葉は絶対なのだ。だけど。

(そ、そんなことしたらっ、わたしが女の子だって……っ)

体を重ねるまでもない、服を脱いだだけで知られてしまう。クラーラは面と向かっていやだと言うこともできず、ただ首を振った。けれどルシアンは、微笑を浮かべてまた命じてきたのだ。

「クラールス。伽を命じている。脱げ」

「……っ」

クラーラは強く首を振った。ルシアンは本気なのだと思った。

「クラールス。わたしの言うことが聞けぬというのか？」

「…っ、ご、ごめんなさい、ごめんなさいっ、できません、ごめんなさいルシアン様…っ」

「皇太子の命に従えないというのか？　クラールス。脱いで寝台に上がれ」

「ごめ、なさい…っ、できません、ごめんなさい……っ」

クラーラはじりじりとあとじさった。ふっと微笑ったルシアンがゆっくりと寝台から立ち上がった。クラーラはじりじりとあとじさった。ふっと微笑ったルシアンがゆっくりと寝台から立ち上がった。クラーラは、杯を乗せていた盆を落とし、胸の前で手を握りしめて体を小さくした。ビクッとしたクラーラは、杯を乗せていた盆を落とし、胸の前で手を握りしめて体を小さくした。ルシアンが近づいてくる。クラーラはあとじさり、あとじさり、ついに壁にぶつかって逃げ場を失った。ルシアンはゆっくりと距離を詰めてくる。クラーラはとうとう涙ぐみ、その場にうずくまった。

「ごめ、ごめんなさいルシアン様…っ、ごめんなさい、許してください……っ」

「クラールス」

「どうしても、どうしてもそれだけは、許してください、ごめんなさい……っ」

ひくっとしゃくり上げた。ルシアンが嫌いだからではない。伽がいやだからでもない。ルシアンが好きだから、嘘をついて騙《だま》していることがつらかった。

唇を嚙みしめて声を殺して泣いていると、ふいにルシアンに抱き上げられた。

「あ、あ、ルシアン様、ルシアン様…っ」

皇太子相手に暴れて逃げるわけにもいかない。クラーラは体を硬くして、下ろしてください、許してくださいと懇願したが、無言のルシアンはクラーラを寝台に乗せると、そのままのしかかってきたのだ。

（ああ、もう駄目…っ）

顔を覆ったクラーラの唇から、小さな嗚咽《おえつ》が洩《も》れる。その時ルシアンの苦笑する気配がした。そっと髪を撫でられて、それだけでもビクッとクラーラが怯えると、小さなため息をこぼしたルシアンが言った。

「失敗した」

「……っ？」

「泣かせるつもりはなかった。許してほしい。……顔を見せて」

「あ……」

ルシアンが優しく、顔を覆っていた手をどかす。クラーラの顔を見たルシアンは、眉を寄せると、申し訳なさそうな、でも若干の笑いも含んだ表情を見せ、クラーラの涙を指先でそっと拭ってくれた。

「本当に申し訳なかった。泣かせるつもりはなかったんだ。ただ、少し追い詰めればきみのほうから言ってくれると思っていた」

「な、ん……です、か……」

なんのことだかわからなくて、クラーラは再び体を緊張させた。昼間、侯爵から責められたことが頭をよぎったのだ。まさかルシアンまで、父親からなにを言われているのかと聞いてくるのだろうかと怯えると、ルシアンはひどく優しくほほ笑んで言ったのだ。

「きみの本当の名前はなに？」

「……っ!!」

「きみが女の子だということを、わたしは知っているんだ」

「……」

目を見開いたクラーラは、まさに頭の中が真っ白になってしまった。

(そんな、まさか、どうして……)

なにか失敗をしてしまったのだろうかと思った。女の子だとわかるような振る舞いをしてしまったのか？　いつそれを知られてしまったのか？　ルシアンに知られているのなら侯爵にも知られているのではないか？　考えると体がふるえてくる。茫然とルシアンを見上げるクラーラに、ルシアンはそうっと優しいキスをして、言った。

「怯えなくていい。きみはなにも失敗していない」

「……」

「大丈夫だ。そばで見ている限り、きみは可愛くて綺麗な男の子にしか見えない。ただわたしは昼間、きみを助けるために腕に抱いた」

「あ……」

「軽くて小さくて、そして柔らかな体だということを知ってしまった。男は持ち合わせていない、魅力的な腰のくびれも知ってしまった。……きみは、女の子だね？」

そう言ったルシアンの口調も眼差しも、とても優しいものだった。嘘をついてルシアンを欺いていたことを少しも責めるふうではなかった。

(もう駄目……)

ごめんなさいお父さん、とクラーラは心の中で謝った。もう嘘はつけない。ルシアンにだけは嘘はつけない。つきたくない。だってクラーラは、ルシアンに恋をしているのだ。

クラーラは小さくこくんとうなずいた。ルシアンはほっとしたようにほほ笑んでうなずき返すと、改めて聞いてきた。

「きみの本当の名前が知りたい。教えてほしい」

「あ、の……、クラーラ……」

「クラーラ」

ルシアンが深い声で名を呼んでくれる。クラーラの胸はそれだけでいっぱいになった。この十七年間、人からクラーラと呼ばれたことはなかった。いつもいつもクラールスと呼ばれ、男の子として扱われていた。本当はわたしはクラーラなの、女の子なの、素敵なスカートを穿いて、可愛く着飾ってみたいの……、そんな気持ちを心の底に押しこめてきたのだ。

(それが、初めて名を呼んでくれたかたは、ルシアン皇太子殿下……)

一目で恋に落ちた美しい人が、身分の差がありすぎて本当なら声もかけられない人が、こんな間近で、こんなにもとろけるような優しい笑みを浮かべて、クラーラ、と呼んでくれた……。

（ああ、幸せ……）

クラーラの胸がきゅんとした。嬉しくてまた涙がにじんでしまった。ルシアンは小さく笑うと、泣かないで、と言って涙を拭い……、キスをしてきた。

（あ……どうしよう……）

キスは、思いがけず深いものだった。するっとクラーラの唇を舐《な》めた舌が、当然のように口の中に入ってきたのだ。ゆっくりと絡められた舌を優しく吸われて、経験したこともないキスで、クラーラは恥ずかしくて固まってしまった。

そうっと唇を離したルシアンが、クラーラの頬を手のひらで包んでほほ笑んだ。

「クラーラ。きみが女の子でよかった」

「ど、して……？」

「初めて見た時から、クラーラのことを可愛いと思っていたから。女の子だったらどんなによかっただろうと、いつも思っていたから」

「ルシアン様……」

「クラーラのことは男子だと思っていたから、そんなことを考える自分はどこかおかしいのではないかと思ったよ。クラーラの顔があまりにもわたしの好みだからだろうかとも思ったが……」

「……」

「それだけではなかった」

ルシアンはまたクラーラに軽くキスをした。

「クラーラ。きみのくれる細やかな気遣いや思い遣りが、男子だ女子だといった性別に関係なく、本当に嬉しかった。きみ自身の優しさに心惹かれた」

「そんな、こと……」

「あるとも」

ルシアンはいたずらそうに笑うと、クラーラの上からどいて、寝台に横になった。クラーラを胸に抱きこんで、ルシアンは続けた。

「クラーラは想像もつかないだろうが、王宮には、皇太子という身分に気を遣う者は大勢いるが、ルシアンという男に心を配ってくれる者はいなかった。ああ、いや、モリスは違うが」

「……はい」

「だからかな。クラーラといると、わたしの心は和み、それだけで幸福を感じるんだ。クラーラ、きみはわたしの癒やしだ」

「あ、そん、そんな……」

クラーラは驚き、嬉しくなり、猛烈に恥ずかしくなった。自分にとってはお話の中の王子様くらいに素敵な人、雲の上の人、そんなルシアンからこんなことを言ってもらえるなんて、夢だと思ったほうが信じられるくらいだ。

ルシアンは、顔も手も、見える範囲すべてを赤くしてふるえているクラーラを見ると、ふふふ、と楽しそうに笑った。クラーラのあごに指をかけ、視線を合わせて囁いた。

「ほら、クラーラが自宅の庭先で摘んでいたイチゴのように真っ赤だ。こういう素直なところが本当に愛しい」

「あ、あの、ル、ルシア…ン、様……」

「もっと赤くなった。可愛いな、クラーラ。……好きだよクラーラ、きみが好きだ」

「……ルシアン様……」

「可愛い、可愛いクラーラ。わたしの本心を言うよ。きみを誰にも渡したくない。好きだクラーラ、わたしだけのクラーラにしたい」

「ルシアン、様……」

クラーラの心臓は大きく跳ねた。ルシアンだけのクラーラにしたい……、その意味をクラーラは正確に理解した。ルシアンはクラーラを望んでいる。クラーラの純潔を、望んでいるのだ。

（望まれて、とても幸せ……）

クラーラはルシアンの優しい琥珀色の瞳を見つめて思った。

ルシアンの、好きだ、と言う言葉は、ここにいる間だけのことだとわかっている。ルシアンにとっては、クレニエ滞在中だけの、ちょっとした恋のお話だ。愛の囁きも、口づけも、今ルシアンが自分に寄せてくれる思いも、この場限りのもの。一生続くわけではない。

(そう。王都に帰ってしまったら、きっとわたしのことなど思いだしもしなくなる)

よくわかっている。だって自分は平民の娘だ。そしてルシアンは皇太子、次の王様になる大事な人だ。身分も家柄も違いすぎる。それに自分はずっと男の子として暮らしてきた。王都にたくさんいるに違いない美姫たちのように洗練されているわけではないし、きっとドレスもまともに着こなせない。女性らしい仕種《しぐさ》も所作もできないし、第一、自分は、絵のように美しいルシアンに釣り合うような美貌ではない。

(…でも、それでもいい……)

着飾るどころか、丸きり男の子の格好をしていた自分なのに、ルシアンは「クラールス」の気配りが本当に嬉しいと言ってくれた。女の子へのお世辞ではないことは、それでわかる。ルシアンはありのままのクラーラを好ましく思ってくれたのだ。

(夢だと思えばいい。幸せな夢だと)

皇太子などという本物の王子様から好きだと言われ、女の子として優しく扱われた。クラーラを軽々と抱き上げてしまうくらいたくましくて、馬に撥ねられるかもしれない危険も顧みずに、今にも落馬しそうだった自分を助けてくれた、たいそうな勇気もあるルシアン。クラーラの気遣いの一つ一つに気づいて、それを褒めてくれた、ルシアンのほうこそ細やかな気を配れる優しい人。

(たった二日で、わたしの心を全部持っていってしまった人)

そんなルシアンが自分を欲しいと言ってくれるのなら、喜んでこの身を差し上げる、と思った。今だけでいい。ルシアンがクレニエを去るまでの、ほんの数日だけでいい。

(ルシアン様の、ものになりたい)

クラーラは強く思った。

「…ルシアン様」

「クラーラ……」

「わたしもずっと……ルシアン様のことが、好きでした。家でイチゴを摘んでいて、あなた様に声をかけられた、あの時から……」

「……」

クラーラの答えを聞いて、ルシアンはにじむような微笑を浮かべた。

寝室の明かりを落としたルシアンが、窓の帳を開けて月明かりを誘いこむ。その白く冴《さ》える明かりの中で、ルシアンは優しく慎重な手つきでクラーラの衣服を解いていった。いくら大好きなルシアンとはいえ、体を見られるのは恥ずかしい。クラーラは思わず腕をちぢこめて、きゅうと丸くなって横を向いた。ルシアンは、くす、と笑った気配で、クラーラの腰に小さなキスを落とした。

「無理やりに見たりはしないよ。大切なあなたを泣かせるのは本意ではないからね」

「……」

返事もできなくて、クラーラは真っ赤な顔で小さくうなずいた。衣擦《きぬず》れの音がするのはルシアンも衣服を脱いでいるからだろう。クラーラの心臓は緊張で苦しくなるほど速く拍《う》った。

(あ、愛し合うって、どういうことを、するんだろう……っ)

夫婦の行為については嫁入りの前夜に母親から教わる風習だ。だからクラーラはなにも知らない。緊張と少しの怖さで小さくふるえていると、ルシアンが背後からそっと抱きしめてきた。首筋から肩へと優しいキスをされる。口づけは背中へ回り、キスで埋め尽くすといわんばかりに、余すところなく唇を落としてくる。くすぐったいような感じるような、不思議な感覚だ。クラーラが、このくらいなら怖くない、と思って緊張を解くと、狙っていたように腰に甘く歯を立てられた。

「…っ、やっ」

背筋がゾクゾクとした。そんなところがどうして、と思う。クラーラの緊張が混乱に取って代わったことを察したルシアンは、ふ、と口端を笑わせた。クラーラの体が、くすぐったさを快感と捉えるほうへ切り替わった瞬間だ。ルシアンは腰骨から腰のくぼみへと、キスではなく舌先でツウとたどった。

「ああ……あ、いや……」

はっきりと感じて、クラーラは恥ずかしくて口走った。逃げたかったが体を見られるのが恥ずかしくて、丸まったまま身動きも取れない。ルシアンは執拗《しつよう》に腰のくぼみを舐める。そのたびに腰が揺れるほど感じた。

「ルシアン様、そこ、やめて……」

「……、ではこちらを」

ルシアンの舌が腰のくぼみから尻へとすべる。恥ずかしすぎて、クラーラはますます体を縮めた。ルシアンがクラーラの足首を取り、折り曲げられた足を伸ばしてキスをしてくる。

「あ、あっ、あ……っ」

膝裏をきつく吸われたクラーラの背が、ビクンと反る。ルシアンは口づけながらクラーラの足を開き、なんとも自然に表に返した。口づけは足の付け根に下りてくる。クラーラは燃えるほど顔を熱くした。だってその先には、誰にも見せたことのない秘密の場所がある。

「待って、駄目…っ、あ、や…っ」

足の付け根をねっとりと舐められて体がふるえた。秘密の場所がズキンと痛むほど感じてしまった。ふわりと鼻先をかすめた隠微な甘い香りに、蜜があふれてきたことを知ったルシアンは、いやも駄目も聞かないとばかりにクラーラの足の間に割り込み、柔らかな腹にキスの跡を残していった。

「あ、あ、ど、しよう……どう、しよう……」

どこに口づけられても感じて、惑乱してクラーラは口走った。それでも頑《かたく》なに胸を隠す腕はどけない。ルシアンはふっと体を起こすと、クラーラの頰を撫でながら囁いた。

「大丈夫だ。愛しいクラーラ、ひどいことなどしないから」

「で、でも、わたし……」

「わたしはあなたに愛を以《もっ》て尽くす。だからクラーラ、恥ずかしがらずに感じてほしい」

「ル、ルシアン様……」

好きな男に愛を以て尽くすなどいわれて、心の溶けない女の子はいない。クラーラが小さくうなずくと、ルシアンは優しくほほ笑んでうなずいた。

「クラーラ、腕をどけて」

「あの……それは、駄目……」

「なぜ？　わたしはクラーラのすべてが欲しい。柔らかなクラーラの胸にふれたい」

「あの、駄目……駄目です……」

「クラーラ……」

「ご、ごめんなさい、だって、ち、小さい、から、恥ずかし……」

自分で言うのも恥ずかしくて、クラーラは少しべそをかいてしまった。ルシアンは苦笑をすると、クラーラの額にキスを落として言った。

「クラーラ、わたしは胸の大きさで人を好きになったりはしない。クラーラがクラーラだから好きになった。それにね、あなたが思っているほど胸は小さくないよ」

「……嘘。いつも兄たちに、ぺったんこって、言われます……」

「それは男子の格好をしているからだよ。きちんと女子の着ける下着を着ければ、素晴らしく綺麗な胸になる」

「……」

「本当だよ、クラーラ。あなたを裏庭で抱いた時、わたしの腕にあなたの柔らかな膨らみがあたった。だから、クラーラが女子だとわかったと言っただろう？」

「あ……」

「どうしても気になるなら、わたしが大きくしてあげるから。心配はいらない」

「え……、え？　大きくできるのですか？」

クラーラの潤んだ瞳が丸くなる。ルシアンはクスクスと笑ってうなずいた。

「できる。わたしがあなたを愛しているように、あなたもわたしを愛してくれるなら。そう時間はかからないと思う」

「そう、なのですか……」

「どうしても今は恥ずかしいというのなら、目をつむっているから。クラーラ、腕をどけて」

「……じゃあ、先に目をつむって、ください……」

クラーラのお願いをすぐさま聞いて、ルシアンが目を閉じる。クラーラは緊張しながら腕をほどき、ルシアンの手を自分の乳房に導いた。柔らかな乳房を手のひらで包んだルシアンが、ゆっくりとこねるように揉んでくる。

「痛くない？」

「はい……大丈夫です……」

律儀に答えるクラーラに微笑して、ルシアンは手のひらで乳首をクルクルとこすった。ためらいがちに立ち上がったそこは、ルシアンが指先で挟んで数度キュッキュッとつまんだだけで、たちまち硬くしこる。クラーラが息を呑むのを感じたルシアンは、ためらわずそれを口に含んだ。

「や、ルシアン様…っ」

驚いたクラーラがルシアンの頭を抱えるが、ルシアンは顔を上げずに、舌先で回したり強く吸ったり甘く噛んだりしてくる。そのうちに腰の奥がジンとしてきて、恥ずかしいのとうろたえたのとで、やめて、やめて、とクラーラは言った。

「あ、あ、やめて…駄目、ルシアン様、駄目駄目駄目…っ」

片方の乳首は口で、もう片方は指でいじられ、そしてルシアンの空いている片手がクラーラの体をまさぐるのだ。どこをふれられてもビリッとするほど感じる。そのうちに秘密の場所からトクリと蜜がこぼれたのを感じて、クラーラはさらに混乱した。

「待って、ルシアン様、待ってて、…やっ」

ルシアンの手がするっと下へ動き、クラーラが今一番内緒にしておきたい秘密の泉を探った。ルシアンの指がそこを軽く叩くようにすると、ピシャピシャと卑猥《ひわい》な音がした。羞恥《しゅうち》で全身を熱くした時、泉をかき回していたルシアンの指が、ヌルッと上へすべった。

「…つやあぁっ」

ふれられてもいないのにすでに硬くしこった花芽を撫でられたとたん、頭の後ろが痺れるような快感が走った。ルシアンはふれるかふれないかという優しい力加減で何度もそこをこする。初めての強烈な性感に、クラーラはたやすく溺《おぼ》れた。

「あっあっ駄目っ、そこ駄目、駄目ぇっ……、いや、や、ああ…っ」

胸だけでも感じるのに、そんなところをいじられて、頭がどうにかなりそうだった。体のあちこちがぴくぴく跳ねて、膝でルシアンの腰を締めつけてしまう。

「あ、あ、あ」

頭が痺れて、背中が勝手に仰け反っていく。あ、もう駄目、と思ったところで、ルシアンがぴたりと指を止めた。

「あぁ、ん……」

絶頂を知らないクラーラだから、泣きたくなるのはいけないもどかしさだとわからない。

無意識にイヤイヤと首を振ると、体を起こしたルシアンがするりとクラーラの足を広げた。

「そのまま、クラーラ、溶けていて」

「ん、ん……」

ルシアンの言葉も耳を素通りする。さっきみたいにしてほしい……煮えている頭で思っていると、ジンジンとうずいている泉に熱いものが押しあてられた。なんだろう……とぼんやりと思った瞬間、快感でとろけた体にひどい痛みが走った。

「ああ、いやっ、…痛、い…っ」

とっさに逃げようと体をひねったけれど、ルシアンにしっかりと腰を掴まれている。なにが起きたの、と涙をこぼしてルシアンを見上げると、ルシアンはふっと息をついて笑みを見せてくれた。

「もう大丈夫だ、クラーラ。もうそれほど痛いことはしないから」

「な、に……、あ……」

そして気づく。ジンジンと痛む秘密の場所にルシアンが……入っている。信じられない、と思ったクラーラが両手を口元に持っていく。ルシアンはそうっと体を重ねてその手を引きはがし、ふるえる唇にキスをした。

「クラーラ、わたしが入っているのがわかる？」

「は、い……」

「痛かったね、クラーラ、でももう大丈夫。もう少ししたら体が馴染《なじ》む。そうしたら気持ちよくしてあげるから」

「ん……」

こくん、とうなずいた。これが男女が愛を交わすということなのだと、初めて知った。体の中のズキとうずくような痛みが薄れると、ルシアンの存在を強烈に感じた。自分の中で脈打っている。ルシアンのあの部分はいったいどうなってしまったのだろうと困惑したが、こうして体を重ねられたことが幸せだった。

「ルシアン様、の、……硬く、なってます……」

「ああ、見たことがないのか。今抜くとあなたがつらいから、あとで見せてあげよう。クラーラがわたしのものなら、わたしはクラーラのものだからね。どこでも好きなように見て、さわっていい」

「いえあの、べつに、そんな、見たいとかじゃ…っ」

クラーラが焦って首を振ると、ルシアンがふわっと微笑して口づけをくれた。たっぷりとしたキスを交わす。クラーラがそっとルシアンの背中に腕を回すと、それが合図とでもいうように、ルシアンがゆっくり腰を動かした。

「んん……」

クラーラは思わずうめいた。逃げたくなるほど痛くはないが、自分の中でルシアンが動い

ているのが、なんともいえない感覚だ。少しずつ腰の動きが速くなり、クラーラがかすかな痛みを感じたところで、ルシアンが、あのひどく感じるところをいじってきた。

「んんんっ、…やあ、駄目っ」

口づけをふりほどいて悲鳴をあげた。ルシアンで体をいっぱいにされたままそこをいじられると、頭が変になりそうなほど感じた。ジクジクうずく中はルシアンにこすられ、秘密の場所全部が溶けそうなほど感じる部分をいじられる。たちまち快感でいっぱいにされたクラーラは、イヤイヤと首を振りながら泣いた。

「駄目、駄目えっ、やめて、息できな…っ」

「クラーラ、このままいってごらん。見ていてあげるから、大丈夫。もう少しかな」

「ああ、ああっ、死んじゃう、死んじゃ…っ、……んんんーっ……！」

仰け反ったクラーラは形のいい胸をルシアンの目に晒《さら》し、初めての絶頂を迎えた。

ルシアンの腕に抱かれて、優しいキスを受けながら呼吸を整える。溶けるのではないかと思うほど熱くなっていた体も落ち着いた頃、クラーラの額にキスを落としたルシアンが、なんとなく自慢げに言った。

「これでクラーラはわたしのものだ、誰にも渡さない。クラーラも覚えておくように。どこかの誰かに欲しいと望まれても、きちんと断るんだよ？」

「……はい」

クラーラは小さくほほ笑んでうなずいた。甘い言葉も甘い微笑も今だけだとわかっているけれど、それでもルシアンと一つになれたことはたとえようもない幸せだ。どうせ夢なのだし、と思ったクラーラが、思いきってルシアンの胸に頬を寄せて甘えると、しっかりと肩を抱いてくれたルシアンが、それにしても、と言った。

「なぜずっと男子の格好をしていた？　こんなに可愛いのに、まったく理由がわからない。クラーラ、教えてほしい」

「あ……、あの、それは……」

「町にも若い女の姿がなかった。皆、クラーラのように男の格好をしているの？　それとも家から出ないようにしているの？　それはなぜ？」

「あの、……ごめんなさい、言えません……」

クラーラは答えて、きゅっと体を硬くした。今だけでも思いが通じ合い、体まで重ねたルシアンだというのに、言えないことがある……、それがとても苦しい。

クラーラの緊張を感じ取ったルシアンは、今さらなにを隠すことがあるのだろうと内心で首をひねりながら、ふと、昼間の出来事を思いだした。

(侯爵はあのような言い訳をしていたが、たしかにクラーラは侯爵から逃げていた)

馬から落ちて撥ねられる危険もあったのに、それでも馬を止めずに落馬寸前の有様で駆けてきた。それに、侯爵のことをひどく恐れてもいた。ルシアンはクラーラの肩を優しく撫でながら、そっと尋ねた。

「クラーラが男子の格好をしていることも、この町に若い女の姿がないことも、もしや侯爵が関係しているのか……?」

「……」

クラーラは黙ったまままいっそう体を硬くする。やはりそうか、と思ったルシアンは、ぎゅっとクラーラを抱きしめて、低い声で言った。

「クラーラ。クラーラを守る。侯爵にはきみが女子だということは絶対に言わない。なにがあってもわたしが皇太子の名前に懸《か》けて誓う。だから、教えてくれないか。この町ではいったい、なにが起きているのか」

「ルシアン様……」

クラーラはそっとルシアンの顔を見た。ルシアンは恐ろしく真剣な表情をしていた。クラーラの話すことならどんな突拍子もないことでも信じると、その表情は言っている。そして、なにがあっても絶対にクラーラを侯爵から守るという気持ちも、また本当なのだと。

(ルシアン様に、名前にまで誓わせて……)

そこまでされたら話すしかない。ルシアンを信じるしか。クラーラはルシアンの目をひたりと見つめ、こちらも真剣な表情で言った。

「ルシアン様。本当に誰にも、侯爵様にも誰にも言わないでください」

「言わない。誓う」

「……わたしが男の子の格好をしていたり、町に若い女の人の姿がないのは、侯爵様が生き血を飲むために、連れ去っているからなんです」

「……もう一度。もう一度言ってくれないか」

ルシアンは驚きに目を見開いた。にわかには信じがたい話だった。クラーラはそれも当然だと思い、こっくりとうなずいて語った。

「侯爵様は、若い女の人の生き血を飲むために、町から女の子を攫っているのです。ですから皆、女の子だと知られないように男の子の格好をして過ごしていたり、働ける年齢になったら遠くの町へ働きに出たり、結婚して乙女《おとめ》ではなくなることで、侯爵様から逃げているのです」

「……だから、わたしを迎えてくれた町の人々の間に、若い女の姿がなかったのか……」

「ルシアン様も気づいたのですね。そうです。そしてもう町には、見た限りでは女の子たちはいません。これまで町の女の子たちを攫っていた侯爵様は困って、とうとう農民の女の子まで連れていくようになったのです……っ、マノンも、わたしの友達も連れていかれてっ、連れていかれた女の子たちは、誰一人帰っては来ないのです……っ」

マノンのことを思って涙がにじんだ。ぐいと手で涙を拭ったクラーラは、息を詰めてあふれてくる涙を抑えると、言った。

「……わたしも、ルシアン様がクレニエに到着した翌朝、夜明けとともに町から逃げるはずでした」

「……」

あ、とルシアンは思った。つまり、自分はクラーラの逃亡を妨げてしまったのだ。食材の調達という目的のために、クラーラを召し上げた。

(申し訳ないことをした……とは思うが、しかし、よかった……)

あの時クラーラをそばに置こうと思いつかなかったら、今こうして愛する少女を腕に抱くこともできなかったのだ。けれどそれはクラーラに言ってもいいことではない。ルシアンは眉をひそめてクラーラに尋ねた。

「これまで王都に、噂にしろそのような話は伝わってこなかった。なぜ娘を連れ去られた親たちは国王に直訴しなかった？　王都までは遠いというのなら、近隣に駐留している国軍に訴えるのでもよかった」

「何人も直訴に行きました」

クラーラはため息をこぼした。

「でも、誰も王都どころか軍の駐留地までたどりつけなかったのです。着く前にみんな行方《ゆくえ》不明《ふめい》になってしまった……。王都や軍へ向かった男たちはもちろん、家に残った女たちも、年寄りも子供も、一家全員です」

それが何度も続き、皆、直訴を止めるためと見せしめのために、侯爵が一家を殺したのだと悟った。だからそれ以降、侯爵を恐れて国王への直訴を試みることはしなくなってしまった。

告白することで今さら恐ろしくなって、クラーラはふるえた。ルシアンにすがりつく。ルシアンはクラーラの肩をなだめるように撫でながら考えこんだ。

(乙女の生き血を飲むなど、民間伝承の中だけの話だ。実際は、違う理由で女たちを攫い集めていたのだろう)

まず思いつくのは、手籠《てご》めにしているのだろうということだ。それも、町の人々が全員娘を逃がすか、あるいは隠すほどの、病の域に達した漁色家《ぎょしょくか》なのだろう。

(しかしそれにしても妙だ)

侯爵の居城には、アンテールをはじめとして、地元以外の出身の女ばかりを女中として置いている。

「……やましいことで女たちを集めているのなら、なぜ膝元の女ばかりを攫うのだろうな……。アンテールなど、遠方から攫ってきたほうが悪評も立たないだろうに……」

独り言のつもりの呟きに、クラーラが答えた。

「それはきっと、外に悪い噂が流れないようにするためではないかと思います」

「うん？」

「侯爵様はロワージュの領主です。今回の視察のように、ルシアン様や国王陛下がやってこない限り、ロワージュでは侯爵様が王様のようなものです。侯爵様がなにをしても、処罰が恐ろしくて、誰もなにも言えませんから」

「……なるほどな」

ルシアンはすとんと納得した。すべてのつじつまと、侯爵の考えが理解できた気がした。

(ロワージュの王か。自分の領地なら、領民をどうするか、それこそ気の向くままに女を攫って妾にしようが、誰にも咎められることはない)

女だけではないだろう。自分のあらゆる欲を満たすために、暴君の振る舞いをしていたに違いない。どんな非道なことをしても許されるという、神のような万能感を得て、その快楽に歯止めが利かなくなったのだ。もっと、もっと力が欲しい、すべてのものを手に入れ、すべての民を支配したい。そのために王位が欲しい——。

(恐らく、自分の妹を国王の後妻に押し上げることに成功した時、欲望の箍《たが》が外れたのだろうな……)

恐ろしいまでに哀れな男だと思った。思い違いもはなはだしい。フランジリアの国民はすべて、国王に守る義務がある、国王の領民だ。ロワージュ、そしてアンテールの領主に与えた自治権は、強権をふるうために与えたものではない。災害や不測の事態が起きた時、遠い王都からでは状況を把握するにも、復旧の手配をするにも時間がかかってしまう。だからいち早く必要な手当をするために、領民のために、領主を置いているのだ。

(王のために民がいるのではない、民のために王がいるのだ。そのようなこともわからない侯爵は、国王どころか領主の器ですらない)

断じたルシアンは、腕の中のクラーラ、その透けるような金色の髪を見て、ハッと気づいた。自分やクラーラ、そして自分の母親のように、色の濃淡はあれど大人になっても金の髪色を持ち続けるのは、アンテールの人間の特徴だ。

(そうか、侯爵がアンテールの女たちを女中として集めているのは、わたしや前王妃を見下しているのだ)

現王妃の出身地であるロワージュこそがアンテールより格上なのだと。前王妃やその息子が血を引くアンテールなど、ヴェーリンデン家の女中として使われる程度の土地柄なのだと。

(……一つどころか、あれもこれも歪んだ男だ、ヴェーリンデン公は……)

ルシアンはほとほとうんざりした。こんな小者に母を殺され、父までも病床につかされたのかと思うと、その理由の愚劣さと相まってはらわたが煮えくりかえる。

ルシアンはクラーラの髪に口づけを落とし、言った。

「クラーラ。わたしが是非とも真相を明らかにする」

「真相って……」

「心配することはない。侯爵についてはこの町での奇怪な噂のほかにも、はっきりさせなければならないことがあるんだ。うまくすれば侯爵を蟄居させられる」

本当は前王妃殺害と、国王暗殺未遂で首を刎ねたいところだが、なにしろ証拠がない。ルシアンは唇を引き締めたが、クラーラは逆に笑顔になって言った。

「もし本当に侯爵様をお城に閉じこめることができたら、この町は平和になりますっ。女の子はスカートを穿いて、ふつうに外に出て、通りを歩いて、買い物だって気軽に行けるようになりますっ」

「ああ。そうだな」

侯爵の抱える醜い闇を知ったことで、自分の心まで黒くなりかけていたルシアンは、クラーラの優しい言葉でハッと元の自分に立ち返った。自分のことだけではなく、町の皆のことまで気に懸けることのできるクラーラ。外交の上で決してクラーラには言えないような恐ろしい決断を、国王とともに眉一つ動かさずに下してきた自分には、クラーラの柔らかくて優しい善良さがまぶしくて、そして愛しい。

(わたしにはないものだ。そしてわたしに最も必要なものだ)

ルシアンは愛しいクラーラににっこりと笑むと、小さな体を大切に胸に抱いた。クレニエだけではなくこの国まで混乱させようとするヴェーリンデンを排斥できれば、クラーラもクラーラの家族も、この町の人々も、この国に住まうすべての民も、平和なまま過ごしていけると思った。

ルシアンにあやされたクラーラが深い眠りにつくと、ルシアンはそろりと寝台を抜けだした。

(とにかく時間がない)

寝室から談話室へ出ると、モリスが今夜も不寝番をしていた。

「殿下、どうなさいました」

「モリス」

ルシアンは、クラーラが寝ているから静かに、という身振りをすると、声をひそめてモリスに言った。

「クラーラ……、ああ、クラールスの本当の名だ。クラーラから、この町に女の姿がない理由を聞きだした」

そうして先ほどクラーラに聞かせてもらった話を伝えた。モリスは信じがたいといったふうに目を見開いたが、すぐに眉を寄せて言った。

「噂はともかくとして、町から女が消えているのは事実ですな……」

「そしてこの城で消息を絶っている。侯爵がこの城でよからぬことをしているのはたしかだ。その証拠が必ずあるはず。侯爵に気取られないよう、手がかりを探せ」

「はい。女中たちが皆、よその者というのも引っかかりますし、今すぐに取りかかります」

モリスは足音も立てずに素早く部屋から出ていった。ルシアンは深いため息をつくと、どんな小さなことでもいいから、ヴェーリンデンを蟄居させる理由が欲しい、と思った。


翌朝。

「んん、ん〜……」

いつものように伸びをして目を覚ましたクラーラは、そこが家の寝台でも、小姓として与えられた部屋の寝台でもなく、ルシアンの腕の中だと気づいてたちまち顔を赤くした。

(ああ、わたし、昨夜……)

あれは夢ではなかったのだと思った。嵐の中に放りこまれたようにわけがわからなくなって、体が溶けそうなほどの快楽を教えられて、女の子として愛された……。

(恥ずかしい……、けど、幸せ……)

クラーラはルシアンを起こさないようにそうっと体を起こすと寝台を出て、いつものように男の子の服を身につけた。魔法で女の子になれたのに、また男の子に戻ってしまった、という気がした。クラーラは小さく笑った。

「そんなこと、最初からわかってたことだもの」

ルシアンはすぐに王都へ戻ってしまうのだ。この数日こそが夢のような日々なのだ。

「でも、ルシアン様に好きと言っていただいて、あんなふうに愛し、て……いただいて……」

一度でいいから綺麗なドレスを身につけた自分を見てもらいたかったと思う。王都の美姫のようにはいかないまでも、少しは可愛い自分を見せたかった。こういうのを女心というのねと、クラーラは自分の気持ちの変化を面白く思った。

「二人きりの時なら、ルシアン様はわたしのことを女の子として扱ってくださるし、わたしも……ルシアン様が好きだと、堂々と言えるもの」

これ以上の贅沢を望んでは罰があたるわ、とクラーラは思った。

身支度を整えたクラーラは、厨房へ行く前に、まだぐっすりと眠っているルシアンにそっとキスをした。ところがルシアンにバッと抱き寄せられて、仰天した。

「ルシアン様っ、ね、寝ているのだとっ」

「おはよう、クラーラ」

たやすくクラーラを組み敷いたルシアンは、朝の口づけにしてはちょっと濃いキスをして、クラーラにほほ笑んだ。

「体は大丈夫か？　つらいようなら今日は寝台で過ごせばいい」

「あ……、あっ、だっ、大丈夫、ですっ」

昨夜ルシアンとなにをしたのか、どこでどんなことをしたのかを如実に思いだしてしまったクラーラは、全身を真っ赤にしてルシアンを押しのけた。

「お、お気遣い、ありがとうございますっ、でも大丈夫っ、ちゃんとルシアン様のお世話はいたしますっ」

寝台を飛び降りて、クラーラは逃げるように寝室から出ていった。寝台に取り残されたルシアンは、純真なクラーラが可愛くて可愛くて、敷布に突っ伏してククと笑った。

「……ああそうだ、面白いことを思いついた」

ルシアンはニヤリと笑うと、クラーラがお茶を運んでくるのを、のんびりと寝台で待った。

さて、厨房では食材の点検をして、ルシアンには目覚めのお茶と着替えと朝食の給仕をした。朝のお世話を一通りこなしたクラーラは、食器を下げに厨房に行って、ウートに声をかけられた。

「クラールス、ちょっと頼みたいことがあるんだ」

「はい、なんですか？」

「できれば新鮮な水が欲しいんだよ。汲み置いて今日で二日目だろう？　俺たちはいいが、殿下には汲み置きの水を使ったことがないから、不安なんだ」

「あ、そうですよね。では実家から水を運んできます。ほかにいるものはありますか？」

ウートから、できれば分けてもらえると助かる、と言われた食材を頭に入れ、クラーラは部屋に戻った。居間にはまだモリスの姿がない。どうしたのかな、と思いながら、なにかの書類を書いているルシアンに言った。

「ルシアン様、ちょっとだけ実家に戻ってもいいですか？」

「うん？　どうした？」

「はい、お水が古くなったので、新しいお水を運びこみたいのです。それで馬車を出していただきたいのです」

「ああ、それはちょうどいい。では昼食をとったのちに、一緒に行こう」

「いえ、えと、ちょうどいい……？　あの、はい、じゃあご一緒に……」

水を汲みに行くのに付き合ってもらう必要はなかったが、なにか父親に用があるのかなと思い、ルシアンの提案どおり、昼食を済ませてから馬車で実家へ向かった。

「ルシアン様、モリス様は来ないのですか？　ルシアン様をお守りするのが仕事なのでしょう？」

「町へ出るくらい、特に危険なこともないだろう？　ここはとてものんびりとしたよい町だし」

「はい。クレニエは時々鶏《とり》泥棒が出るくらいで、平和な町です」

にっこりと笑って言うルシアンに、町を褒められたクラーラも嬉しくて、笑みを返した。

どこへ行くにしろ、皇太子に侍衛兵がつかないなどあり得ないことなのだが、そんな事態の異常さにも気づかないクラーラは、善《よ》くも悪くも平民の娘なのだった。

しばらく馬車に揺られて実家に到着する。ルシアンの手を借りて馬車から降りたクラーラは、家に駆け込んで父親を呼んだ。

「お父さん、ただいまーっ。皇太子殿下のお水をちょうだいっ。あ、殿下も一緒なの、お父さんにお話があるのかもしれないーっ」

階段の下から父親の書斎に向かって大声で言った。ルシアンは思わず横を向いて小さく噴いてしまった。ルシアンの見知っている姫君たちは決してこんな大声は出さないから、淑女はこうあるべしという枠にはまらないクラーラが、新鮮で可愛かった。その淑女から大幅に外れているクラーラは、くるっと振り返るとルシアンを応接室に案内した。

「兄たちとお水の用意をしてきます。父はすぐにここへ来ると思います」

「ああ、手間をかけて申し訳ない」

「いいえ、手間だなんて……、あの、なにかおかしいですか……？」

「いや、すまない、ただの思いだし笑いだから」

「……はい。それではちょっと、失礼します」

にやにやと笑うルシアンを見て、皇太子も思いだし笑いなんてするのねと、ちょっと驚きながら、クラーラは外へ出た。

畑に出ていた兄たちを呼んで、樽《たる》に水を詰めたり、ウートに頼まれた香味野菜を摘んだりした。それらを兄たちが馬車に積みこんでいる間、クラーラは台所から摘んであった春ナシを分けてもらった。今日こそこれでパイが作れる。クレニエの味をルシアンに楽しんでもらおうと思った。用意が調って応接室にルシアンを呼びに行く。

「ルシアン様、…」

部屋に入ったとたん、クラーラは妙な雰囲気に気づいた。父親は視線をさまよわせてクラーラを見ようとしないし、母親はのぼせたような赤い顔でじっと床を見つめていて、やっぱりクラーラを見ようとしないのだ。どうしたのかと思ってルシアンに視線を移すと、こちらはいつもどおり、穏やかな微笑を浮かべている。変に思ったクラーラは両親に視線を戻して言った。

「お父さん、お母さんも、どうしたの？」

「いや、どうもしないよ、クラー…ルス」

明らかに無理に笑顔を作ったという様子の父親は、額に汗まで浮かべている。母親に目を移すと、こちらもぎこちない微笑を浮かべて、ちらり、とクラーラを見た。

「クラー…ルス、殿下になにか粗相など、していないわね？」

「大丈夫！　作法が違うかと思って心配していたけど、まだ一度もルシアン様に叱られていませんっ」

クラーラが丸きり男の子のようにドンと胸を叩いて請け合うと、父親はさらに汗を増やしてルシアンに深く頭を下げ、母親はますます顔を赤くして肩をちぢこめた。どうしたんだろうと思ってルシアンに顔を向けたクラーラに、ルシアンはふふっと笑って言った。

「突然わたしが訪問したから、緊張しているのだろう」

「あ、そうですね」

まったくそうだと思った。城へ戻る馬車の中で、クラーラはニコニコしながら言った。

「春ナシも分けてもらってきました。今日こそ春ナシのパイを出せますっ」

「それはとても楽しみだ。お茶もおいしくいれてくれるね？」

「はいっ、お任せくださいっ」

頼られるというほどのことではないが、こんなふうに楽しみにしてくれると嬉しい。クラーラはルシアンと水を入れた樽と野菜類に囲まれて、にっこりと笑った。

迎賓館に戻ると、どこかへ行っていたモリスが居間で待ち構えていた。クラーラたちが入っていくと、ルシアンに厳しい眼差しを向けた。なんだか怖い、と思ったクラーラは無意識にあとじさってしまう。気づいたルシアンがクラーラの髪を撫でながら言った。

「午後のお茶には、クラールスが作った春ナシのパイが食べたい。作ってくれる？」

「あ、はいっ。我が家の味になってしまいますが、それでもいいですか？」

「ますます楽しみだ」

ルシアンに優しい微笑を見せられて、頬を赤くしたクラーラは、大張り切りで厨房へ向かった。

「……」

上手にクラーラを部屋から遠ざけたルシアンは、ふう、と小さなため息をついてモリスに視線を向けた。

「なにかわかったか」

「はい、殿下」

モリスはクラーラが見たら固まってしまうくらい、怒りで険しくした表情で答えた。

「恐らくですが、町から連れ去られたという女たちを見つけました」

「どこで。城内か？　場外の侯爵の私有地か？」

「城内です。昨日の散策中に見つけた裏の廃庭園、あそこに建っていた休憩小屋を覚えておいでですか」

「あの崩れかけた石の小屋か……」

ルシアンの頭に廃屋のような小屋が思いだされた。

「あの中に女たちは囚《とら》われていたのか。救出はしたか？　侯爵に攫われ、無理やり妾にされたのだと、証言は得られそうか？」

「それですが殿下。とても助けられる状況ではなかったのです」

心底いやそうにモリスは顔をしかめた。眉間にしわを寄せたルシアンが、どういうことだ、なぜ救出しないと質すと、モリスは深いため息をついて言った。

「……とても言葉ではお伝えできません。とにかくひどい有様で……」

「というと？　皆殺されているのか」

「いいえ、生きてはおります。随行の軍医に応急の手当てはさせましたが……。殿下にご覧に入れたい状況ではないのですが、あれは実際にご覧にならないと理解できないかと……」

「ヴェーリンデンを確実に蟄居できる証拠となるか」

「はい、確実に。が、ご覚悟がないのなら、あれはご覧いただかないほうがよろしいでしょう」

深刻な表情でモリスはそう言った。ルシアンはフンと鼻で笑い、答えた。

「皇太子であるわたしに覚悟を問うか」

「不敬なことを申しました、お許しください。しかし、あれは本当に見るに堪《た》えないものですから……」

モリスはまた深いため息をこぼした。それなりに修羅場も経てきているモリスがここまで言う状況とは、どんなひどい状況なのか。ルシアンは、クラーラを愛する日向の自分から、国や民のためには非道な決断も迷わず下す闇の自分へと精神を切り替え、モリスに尋ねた。

「今から女たちに会えるか」

「まだ昼日中です。殿下があの小屋に入るところを侯爵が見たら、侯爵は身一つで逃げだしましょう。夜半を待ったほうがよいかと」

「……そうだな。ヴェーリンデンを取り逃がすことだけは避けたい。わたしへの意趣返しにクラーラに手を出されても困る」

ルシアンは一つうなずいて、モリスに命じた。

「ここから一番近い駐留地はルーヴィールだったな。一個小隊を城周辺に展開するよう、伝令を飛ばせ。侯爵にも民にも悟られないように、今夜半までに布陣を敷け」

「は」

軍人の礼をしたモリスがきびきびと出ていく。一人になったルシアンは、ゆっくりと椅子にもたれて深いため息をこぼした。

「…ヴェーリンデンがどのようなことをしているにしろ、現王妃の実兄……」

つまり王室とつながりがあるということだ。来年成人する第二王子の母親だというのに、未だに結婚当時の箱入りのままの現王妃は当然のこと、広く世間にも事実を知らせるわけにはいかない。なぜなら、領民の女に非道を働いた兄を持つ王妃は民から反発を受けるし、それをかばえば国王も反発を買うからだ。だからといって王妃と離縁すれば、それはそれで反感を買う。

「何事もない王室こそが民に慕われる。つまり、王室に不祥事などあってはならないのだ」

事実がどうであれ、侯爵は気がふれたということにして、どこかへ幽閉してしまうのがいいだろうとルシアンは思った。ルシアン個人としては、母親の敵《かたき》を取りたいと思う。けれどルシアンは私人である前に皇太子なのだ。

「国王とともに、国を平らかにするのがわたしの使命だ……わたしの感情など、民は求めていない」

はあ、と嫌気が差したようにルシアンは息をついた。どこの王族も皆、見えないところではこのように醜い諍《いさか》いばかりをしている。実の母親を毒殺されても病での急死だと言ったり、王妃の謀殺と国王の暗殺未遂を企てた男を、断首にも処さずに幽閉し、気が違ったことにして生かしておく。それもこれもただ国を安定させるためだ。

「……見方によっては権力を守るため、とも見えるか……」

そして恐らく侯爵は、権力を守ることを権力を自由にできることと思い違いしたのだろう。だから十五年もの長きにわたり、王位を狙い続けた。

「愚かで哀れな男だ……」

ぽつりと呟き、ルシアンは疲れたように目を閉じた。

……いつの間にか眠っていたルシアンは、体にそっと毛布がかけられたことで目を覚ました。

「……モリス……？」

「あ…っ、ごめんなさい、起こしてしまいましたか…っ」

クラーラが、どうしよう、という具合に両腕をちぢこめて立っていた。ルシアンの心はまた和んだ。これが侍従なら、毛布をかけてくれるどころか、椅子ではなく寝台で寝ろと小言を言ってくるところだ。

「おいで、クラーラ」

「はい……」

ルシアンがさしのべた手を取ると、そのまま膝の上に抱き乗せられた。わ、と焦るクラーラに、当然のようにルシアンはキスをしてくる。軽く唇を吸われて、チュッと音がするようなキスを何度も繰り返されて、クラーラは顔を真っ赤にしてそっとルシアンを押しのけた。

「あ、あのっ、お茶の、用意ができているのです…っ」

「ああ、クラーラが作ってくれたパイだな。楽しみだ」

ようやくルシアンが膝から下ろしてくれた。クラーラは熱い頬を持てあましながら、いつものように心を込めてお茶をいれた。

パイを一口食べたルシアンが、目を見開いて言った。

「これはおいしい。たしかにナシの味だが、リンゴの風味もする」

「そうなんです。おいしいでしょう？　気候に敏感な果物みたいで、三つ隣の町へ行くともう育たないんですよ」

「そういえばこのあたりは標高が高いのだったな。本当においしい、王都に出荷はしないのかな？」

「あ、えっと、春ナシを育てている農民はいないので……みんな森で、自分の家で使う分だけ採ってきているのです」

「そうか。大地の恵みだな」

このあたりでしか収穫できず、しかも美味な春ナシだ。それなのに育てて商品にしようと思わない町の人々ののんびり具合が、なんともいえずルシアンの心をホッとさせた。クラーラもパイを口に運ぶと、ふとルシアンに尋ねた。

「ルシアン様。モリス様は？」

「ああ、ちょっと軍の用事を頼んでいるんだ」

にっこりと笑って嘘をつくルシアンだが、クラーラはこくんとうなずいた。

「そうなのですか。それならパイを残しておきます。モリス様にも食べてもらいたいし」

「でも、二人きりでお茶を飲んだほうが楽しいだろう？　わたしは二人きりのほうがいいな」

「あ、あのっ、わ、わたしもです…っ」

「またそんなに顔を赤くして。クラーラは本当に、イチゴのような姫だね」

「……っ、ひ、姫だなんて……っ」

姫君どころか女の子扱いさえされてこなかったクラーラだから、ルシアンのたわいない言葉にますます顔を赤くした。ルシアンは何から何まで愛らしいクラーラに微笑を見せ、言った。

「お茶を飲んだら散歩に行こう。ブドウ畑や、そのほかにもクレニエの素敵なところを案内してほしい」

「あ、はいっ、喜んでっ。田舎町なので気の利いたものはないのですが、景色だけは素晴らしいのですっ。初春でしか見られないクレニエをご紹介しますっ」

「楽しみにしている。クレニエでの視察も得るべき情報は得られそうだからね。明日にでも王都へ発てるかもしれない。その前に、きみの生まれ育った町をよく見ておきたいから」

「あ……、はい」

クラーラの胸はずきんと痛んだが、それを隠して微笑を作った。

(ルシアン様は、明日にでも王都へ帰る……)

最初からわかっていたことなのに、いざ帰るとルシアンの口から聞くと、悲しみで体がすうっと冷えた。

(昨夜……、そう、昨夜なのね。ルシアン様に好きと言ってもらって、体すら重ねたのに、ルシアン様は帰ってしまうのね……。当たり前のことよ、わかってる)

自分は旅先で無聊《ぶりよう》を慰めるための遊び相手だ。クラーラがどんなにルシアンを好きで、心の底から恋をしていても、この三日間の出来事は甘い夢だったのだ。幸せな魔法が解ける時が来ただけ。

クラーラはつらい気持ちを押し込めて、笑顔を作って元気にルシアンに言った。

「風が冷たいですから、上着のほかにマントも着ていったほうがいいですね。わたしはウートさんに頼んで、おやつを用意してもらってきますっ」

喉の奥からこみ上げてくるものを抑えることに自信がなくて、クラーラは根性で笑顔を保って部屋から逃げだした。

散策には馬に二人乗りをして出かけた。ルシアンが後ろから回した腕で、ぎゅっとクラーラを抱きしめてくれる。クラーラが落ちないようにと気を遣ってくれているだけだが、そんな当たり前のことがとても嬉しかった。

（ずっとこうしていたいな……）

このまま二人で遠いところへ行ってしまいたいと心底から思った。ロワージュを出て、フランジリア国さえも出て、ルシアンは皇太子ではなくただのルシアンになって、そうすればずっと一緒にいられるかもしれない……。馬鹿なことだと思うけれど、そんな夢を見るくらいはいいじゃないと自分に言い訳をした。

（一目で恋に落ちてしまったのよ……。ルシアン様のすべてが素敵で、物語の中の王子様なんてちっとも素敵じゃないって知ってしまった……）

そのルシアンに好きだと囁かれ、この身が欲しいと請われて心がとろけた。結婚するまでは純潔を守るようにと、幼い頃から厳しく母親に言われてきたのに、自分のすべてをルシアンに捧げたくて裏切ってしまった。

(だけど、後悔なんかしていない)

後悔するような半端な気持ちでルシアンに恋をしたのではない。ルシアンは皇太子だ。最初から王都へ帰ることは決まっていたし、平民の自分とは身分が違いすぎて決して結ばれることはない。全部わかっていて、それでもルシアンのすべてを知りたかった。今だけ、ルシアンのすべてが欲しかった。

(純潔を失ったわたしは、もう結婚することはできない)

だけど、ルシアンと過ごしたこの三日間の思い出があればいいと思った。一人でも生きていける、と。

(……それは本当だけど、でも……)

ルシアンと離れたくないという気持ちも本当なのだ。今のこの幸福が魔法であればよかったと思った。この得がたい幸福と引き替えに、明日になったら自分は蜉蝣《かげろう》になってしまえば。そうすればルシアンへの思いも断ち切れるのに。

(ルシアン様……、本当に、大好き……)

クラーラは腰に回されたルシアンの手を、キュッと握った。ルシアンは笑った気配でクラーラを抱き寄せ、囁いた。

「離さないから大丈夫だ」

「……はい」

その言葉が、一生離さない、だったらどんなにか幸せだろうと思い、クラーラはにじみそうになった涙をこらえた。

ルシアンの立場を考えて、また町の人を驚かさないために、クラーラはあまり人のいない場所を案内した。固かった芽がほころびかかっているブドウ畑の間を通り、もっと暖かくなったら木の芽を摘む人で賑わう町外れの森とか、その森を南面のほうへ抜けたところに広がる、今が盛りのスイセンの群生などを見せる。ルシアンはお世辞ではなく本当に感心してくれるので、クラーラは自分の町がますます誇らしくなった。

「次は、たぶん今の季節、クレニエで一番綺麗なところです」

「もっと美しい場所があるのか。クレニエは素晴らしい町だね」

「はいっ、ありがとうございますっ」

どうか忘れないでください、とクラーラは思った。クレニエという美しい田舎町のことや、自分という取るに足らない女の子のことも。

次にクラーラが案内したのは、花盛りの川縁だ。町の中を流れるヴィーニエ河ではなく、支流のミニヨン川だ。クレニエ家の私有地を流れているので、小作人たちが昼時や一日の仕事の終わりに手を洗いに来る以外、人の姿は見ない。川の両岸は当然だがブドウ畑になっていて、川との境に花木という花木を植えているから、一年を通して花を眺めることができる。初春の今は黄色と白の花々が満開で、氷色の川水との対比が絵のように美しいのだ。

ルシアンも一目見て、ああ、と感嘆の声をあげた。

「これは美しい……花の滝が続いているようだ」

「もっと春になると桃色や紫色の花に変わるんです。夏は赤や鮮やかな橙色の花が咲いて、秋になると葉が紅葉します」

「人の手では作れない美しさだ。ここがクレニエで一番美しい場所？　それともやはり、城から眺める景色だろうか」

「あ、……いえ」

悲しい気持ちに囚われていたクラーラは、それを振り払って答えた。

「クレニエで一番美しいのは、実は実家の畑から眺める町です」

「ふうん？」

「今の季節なら夜明け直後が最高に綺麗なんですよ」

「夜明けか」

聞いたルシアンが苦笑した。

「起きるのは大変そうだが、王都に戻る前にぜひ見てみたいな」

「本当に見たいなら起こしますけど……、でも起きるのは夜明け前になりますよ？」

「構わない、ぜひ起こしてほしい。そしてクレニエで最も美しい場所に連れていってほしい。きみと二人だけでそれを眺めたい」

「あ……、はい。必ず。必ず案内します」

クラーラはほほ笑んでうなずいた。きっとそれは生涯で一番素敵な思い出になるだろうと思った。


日当たりのいい場所でおやつを食べたり、持参してきた毛布に二人でくるまって夕焼けを眺めたり、クラーラにしてみれば思い出作りのような散策は、晩餐に間に合うように切り上げた。

「ルシアン様、急いで、急いでっ。晩餐に間に合わなくなりますっ」

「急ぐといっても、着替えるだけだろう？」

「なにをおっしゃっているんですか、手を洗わないとっ。あと足もっ。今お湯を運んできますからっ」

「いや、それくらいはわたしが自分でやろう。クラーラは着替えを用意しておいて」

「大丈夫ですか、お湯、運べますか？　もうモリス様はどこに行ってしまったのかしらっ。お湯を入れた水差しは重いですから、ウートさんに運んでもらってください、たらいはルシアン様でも持てると思いますっ、わたしはお衣装を整えておきますからっ」

どうもか弱いと思われているふうに言われて、ルシアンはクスクスと笑いながら厨房へ足を向けた。クラーラは着替え室に駆けこんで、衣装箪笥から着替えを選びだしながら、そうだわ、と思った。

「……ルシアン様は、明日にはクレニエを出立するんだから、必要のない衣装は荷物箱に入れてしまおう……」

ひとまず晩餐用の衣服と寝間着、出立時に着る軍服を残して、残りは手際よく箱に収納していった。

「あ、これも」

クラーラが夜なべをして作った、虫除《むしよ》けにもなる香辛料のリースを手に取った時、思いがけず涙があふれてきた。これを作っていた時は淡い淡い片恋だった。ただの憧れの王子様だったルシアンに、まさか好きだと言ってもらえるなんて、まさか、まさか、恋人同士のように愛を交わすなんて、想像もしていなかった……。

「でも、今は、知ってしまった……」

それも明日で終わるのだ。クラーラはひくっとしゃくり上げると、こんなことじゃ駄目、と自分を叱った。もしもいつか、ふとした時に自分を思いだしてくれた時、クレニエにはいい子がいたと、そう思ってもらいたい。だから明日は元気にルシアンを見送らなくては。クラーラは手のひらでぐいと涙を拭うと、わたしは殿下のお世話係、と何度も自分に言い聞かせて気持ちを切り替えた。

晩餐の迎えが来るちょっと前に、ギリギリで支度を調えてルシアンを送りだした。

「よかった、間に合った。衣装を着せてと言われるのは当たり前だけど、脱がせてとか……晩餐に行きたくなくて、わざと子供のようなことをしたのかしら」

クラーラは晩餐会というものに出たことがないが、会というくらいなのだから、朝食や昼食の時のようにくつろいだ感じではないのだろう。もてなされるのも仕事とはいえ、身分の高い人は大変ねと、ルシアンに同情した。ルシアンを送りだしてからクラーラも厨房へ行って夕食をもらう。王都ふうの料理も今夜が食べ納めだと思うと感慨深い。ソースの最後まできちんと堅パンで拭って完食したクラーラに、ウートがニコニコしながら寄ってきた。

「クラールス、今夜の食事はどうだった?」

「はい、今夜もすごくおいしかったですっ」

「ありがとう。いつも残さず食べてくれて、俺たちも嬉しいよ。俺たちのほうこそ、食材の点検やら地物野菜の食べ方やら教えてもらって、感謝してるんだ。特にこの香味野菜はいい。爽やかでぴりっと辛くて、そのくせ妙な癖もなくてね」

「王都でも春くらいになれば育てられるんじゃないでしょうか。よければ苗を分けますけど」

「ありがたいけど、王都へ着く前に枯れてしまうよ」

残念だけど、とウートは苦笑した。それもそうか、とこちらも残念に思ったクラーラがうなずくと、手を出して、ウートが言った。素直に右手を出すと、その手のひらにウートが小さな人形を二つ載せてくれた。

「わあ、可愛いっ。砂糖細工ですか？　すごいっ」

「なに、料理の飾りでよく作るから、馴れているんだよ。食材のことをいろいろと教えてくれたクラールスに、まあ、お礼だな」

「ありがとうございますっ、大切にしますっ」

こんな可愛らしい贈り物をもらったのは初めてだ。素直に嬉しくてまじまじと人形を見たクラーラは、あれ、と気がついた。

「ウートさん、これ……」

「ああ。殿下とクラールスだよ」

「わあ、やっぱりっ」

用意できる食用着色料が少なかったせいだろうが、衣服の色が違っていてすぐにはわからなかった。けれど二人の髪の色と瞳の色はきちんと同じ色にしてくれている。クラーラ人形など、一つに編んだ髪まで丁寧に作られていてクラーラは感激した。

「ありがとうございます。大切にします」

「そうかい？　そう言ってもらえて嬉しいよ」

「あ、そうだっ。人形のお礼に、このあたりの家庭料理を教えますっ。わたしたちがふだん食べている料理だからルシアン様には出せないけど、みなさんはどうか食べてみてくださいっ。全然豪華じゃないですけど、おいしいですからっ」

クラーラがそう言うと、皆料理人だけあって興味を示してくれ、即席のお料理教室が開かれた。

思いがけず楽しい一時を過ごし、改めて人形の礼を言って、クラーラは部屋に戻った。ルシアンの寝台を整えて寝間着を用意しておく。それからまだ箱詰めの終わっていない衣装をせっせと箱に詰めているうちに、晩餐会からルシアンが戻ってきた。

「クラーラ、いるのか？」

「はい、今行きますっ」

慌てて居間に出てみると、ルシアンが窮屈な正装をぽいぽいと脱ぎ捨てていた。こういう時は自分で脱ぐのねと少し呆れながら衣装を拾い集めるクラーラに、ルシアンが言った。

「湯浴みがしたい」

「あ…、はい、用意します」

湯浴みの用意も手伝いも、いつもモリスの仕事だが、またしても不在だ。軍の仕事といっていたから、それが長引いているのだろう。クラーラは厨房へ走り湯浴み用のお湯を頼むと、道具部屋から重たい湯桶をうんうん言いながら運びこんだ。

「クラーラ！」

それを見たルシアンが、仰天して言う。

「なぜ一人で運ぶんだ、わたしを呼びなさい」

「でもルシアン様にこんなことをさせるなんて、……」

「よく聞きなさい、女の子は重たいものを持っては駄目だ。手指の形が悪くなるだけじゃない、足に落としたり転んだりして怪我《けが》をしたらどうする」

「あの、えと……」

「兄君たちの真似をしてはいけない。母君がなにをしているかをよく思いだして、母君の真似をしなさい」

「は、はい、ごめんなさい……」

ルシアンの言いたいことはわかるが、それはふつうの女の子に注意することで、なぜ男の子として生活していかねばならない自分が叱られるのか、クラーラはちょっと納得できなかった。

ほどなくして湯が運びこまれる。湯浴み用の薄布を手渡して、クラーラは言った。

「モリス様を探してきます」

「いや。クラーラが手を貸してくれればよい」

「え、でも、あの、湯浴みはいつもモリス様が……」

「そのモリスがいないのだから、クラーラに頼んでいる」

「です、から、モリス様を、探して……」

「クラーラ」

ルシアンはちょっと意地が悪い感じにクククと笑った。

「またイチゴのような赤い顔になっている。どうした、わたしの体を見るのが恥ずかしい？」

「……っ」

「昨夜飽きるほど見ただろう？」

「あ、飽きるほどなんて見ていませんっ」

馬鹿正直に答えたクラーラを、ルシアンは楽しそうに笑った。手早く衣服を脱ぎ捨てたルシアンは、布も巻かずに湯桶に入ると、後ろを向いて固まっているクラーラに言った。

「クラーラ、おいで。一緒に湯を浴びよう。ほら、おいで」

「……っ、は、はい……」

クラーラは蚊《か》の鳴くような声で答えて、緊張でふるえる指で衣服を脱いだ。ルシアンがさしのべてくれる手に摑まって湯桶に入る。きゅうと抱きしめられて素肌が密着する。クラーラは恥ずかしいのと心地よいのとで全身を赤く染めた。体までふるえてきたが、ルシアンに優しいキスをされたら、ふわりとふるえが収まった。ルシアンに促されるまま、背中から抱きしめられる形で湯桶の中に腰を下ろす。ルシアンが手のひらですくった湯をかけてくれるのだが、胸を撫で下ろしたり撫で上げたりするのだ。素直なクラーラの体はそれだけで胸の先を硬くとがらせてしまい、恥ずかしくなって両腕で胸を隠した。耳元でルシアンが低く笑うので、わざとだわ、と気づいたクラーラは、真っ赤になった顔を伏せてムッとした。

薬草袋を湯で揉んだルシアンが、それを使って優しくクラーラの体を洗ってくれる。ふわりと爽やかな香りが立ち上り、クラーラは小さく深呼吸をした。

「いい匂い……、ルシアン様の匂いって、これだったんですね」

「香油と同じ香料を入れているからね。クラーラは……砂糖菓子の匂いがする」

「しません、そんな。噓ばっかり、…あ……」

クラーラの耳元に顔を埋めたルシアンが、すんと匂いを嗅いだかと思うとチュウと吸ってきたので、クラーラはぞくっと感じてしまった。ルシアンは丁寧に洗ってくれるのだが、胸はもちろんのこと、腹も足も腕も背中も、ルシアンの手がふれるだけで感じてしまう。困ったクラーラは、首筋から肩にかけて薬草袋をすべらせたルシアンの手を摑んだ。

「あの、今度はわたしが、洗って差し上げます…っ」

「ふうん？」

クスクス、と笑ったルシアンが、それなら頼もうかな、と言って、クラーラをひょいと持ち上げて向き合うように抱き直した。ルシアンの目に胸が晒されて、これはこれで恥ずかしいと思ったクラーラがますます顔を赤くする。手渡された薬草袋でそっとルシアンの体を洗った。

「クラーラの手は優しいな」

「え、あの、モリス様はいつもごしごしこするんですか？」

「まさか」

ルシアンは声を立てて笑った。

「モリスは近衛兵隊長だ、そんなことまでさせないよ。湯浴みは女官の仕事だ」

「女官……」

「彼女たちのそれが仕事だ。焼きもちは焼かなくていい。それに、女官は直接わたしにふれることは許されていない。背を洗うのは侍従だよ」

「べ、つに、焼きもちなんか…っ」

そう言いつつも、本当はちょっといやな気持ちがしたのは本当だ。見透かされたことが恥ずかしくて、クラーラは黙ってせっせとルシアンの体を洗った。たくましい首も腕も、広い胸も洗いがいがある。なんだか楽しくなってきてうふふと笑ってしまうと、ルシアンがいたずらそうに笑って言った。

「しかしクラーラが洗ってくれるというのなら、クラーラに任せたいな。そうしたらどこもかしこも念入りに洗ってくれるだろう？」

「はい……？」

「ここも」

「……で、でも……」

ルシアンに手を導かれて、湯の中で立ち上がりかけているものにふれる。洗って、と耳元で囁かれたクラーラが、燃えるほど頬を熱くしてそうっと撫でるようにそれを洗うと、それはたちまち硬さを増して湯面に顔を出した。

「ル、シアン、様……」

「クラーラの手が優しくて悦《よろこ》んでしまったようだ」

「あ、あの……」

「お礼にわたしもクラーラを洗ってあげよう」

「わ、わたしはいいですっ、…あっ」

遠慮をしたのにルシアンの手はするりと秘密の場所にすべり込んできた。ルシアンの足にまたがっているのでとっさに閉じることもできない。ルシアンは洗っているのか感じさせようとしているのか、判断のつかない絶妙な手つきでクラーラのそこを撫で、指をすべらせる。

クラーラの奥を探ったルシアンが低く笑った。

「湯の中だというのに、濡れているのがわかるな」

「いや……」

「本当だとも。ほら、ヌルヌルだ。すんなり……入る」

「あ、あ、いや……」

ルシアンの指が入ってきた。クラーラのそこに手のひら全体を押しつけて指を出し入れする。当然一番感じる花芽も手のひらでこすられて、クラーラはそこがじくじくするほど感じてしまった。

「ルシアン様、駄目、駄目……」

「ああ、可愛らしく締めつけてくる。クラーラの中に入っている気分になるな」

「んん……っ」

恥ずかしいことを言われてまた締めつけてしまうと、そっとふれていたルシアン自身がグンと嵩《かさ》を増した。カアッと顔を赤くしたクラーラの中にもう一本指が忍びこんでくる。

「ああ……」

手の中にルシアンがいるのに、自分の中にもルシアンが入っているような気がしてクラーラは惑乱した。ルシアンが器用に手指を動かしてクラーラを愛撫《あいぶ》しながら、乳房も口に含んできた。ずっととがったままの胸の先を甘く嚙まれて、クラーラはルシアンの指が入ってい

るそこが、ジュクンと蜜をあふれさせたことを感じた。

優しくて穏やかな愛撫が続けられ、クラーラの体に快楽が溜まっていく。体が小さく跳ね始めて、湯が波立った。

「ルシアン様、ルシアン様っ、駄目、もう、もう…っ」

「クラーラ、こっちも」

ルシアン自身に添えられているクラーラの手の上から、ルシアンが自分を握った。クラーラの手と合わせて自身をしごく。それに合わせてクラーラへの愛撫も激しくなる。

「あっあっあっ…」

高い声を上げそうになった口はキスでふさがれた。くぐもった声を上げ、ルシアンの首にすがりついてクラーラは極みを迎えた。

湯につかっていたことに加えて、体が沸騰するようなこともしてしまったので、クラーラはのぼせてふらふらになってしまった。申し訳ない、とルシアンは謝るものの、クスクスと笑っていて悪いと思っていないようだ。頭がふわふわして自分で自分の始末もできないクラーラを、ルシアンは丁寧に抱き上げて湯を拭い、ルシアンのものだったが寝間着まで着せて寝室に運んだ。

「いい子だ、クラーラ。先に寝ていて」

「……ルシアン様は……」

クラーラを寝台に横たえて掛布をかけたルシアンは、額にキスを落とすと寝台を立ってしまった。最後の夜なのに一緒に寝てくれないのかしらと悲しくなったクラーラが、思わずルシアンの指を握って引き留める。ルシアンは今度は唇にキスをくれると、ほほ笑んで言った。

「すぐに戻ってくるよ。昼間遊んでしまったから、仕事が残っているんだ。片づけてくるから」

「そうだったのですね……、遊びに誘って、ごめんなさい……」

「散策はわたしが行きたいと言ったんだよ、クラーラ。気にしないで休みなさい。明日は町で一番素敵な場所に案内してくれるのだろう？　早起きをするのだから」

「はい。ルシアン様も、早く寝てくださいね」

そうだ、明日はあの素晴らしい景色を見せるのだったと思いだして、クラーラは幸せそうに微笑した。

明かりを落として寝室を出たルシアンは、クラーラが衣紋掛けにかけておいてくれた服を再び身につけた。卓について王都から届いた書類に目を通す。さしあたって緊急に判断を下さなければならない問題もなく、侍従からの手紙では、国王は完全に持ち直した、あとは栄養を取って体力を取り戻せば公務に戻れるだろうとしたためられていて、心底ホッとした。

「王都に戻ったら書類仕事に忙殺されるな……」

ルシアンの署名と印璽《いんじ》を押せばすむように書類を作成する指示の返書を書いていると、小さなノックの音に続いて、モリスが影のように音もなく入ってきた。ルシアンを見て、黙ってうなずく。その表情は厳しい。ルシアンもうなずき返すと、椅子を立って寝室をそっと窺った。クラーラはぐっすりと眠っているようだ。茹でてくたくたにした甲斐《かい》があったと、ふっと笑ってそう思った。そうしてモリスを伴って、ルシアンもまた音もなく部屋を出ていった。

館を出て、月明かりを頼りに裏庭へ足を向ける。時折、ぴりっとした殺気を感じるので、指示をした国軍の兵が夜陰に紛れているのだと知った。木立の間を抜けて、廃れた庭園に入る。

「…殿下、こちらへ」

押し殺した声で言うモリスに従い、崩れかけた休憩小屋の横手の窓に行く。打ちつけてあった板は取り外され、そこから出入りできるようになっていた。身軽く入った内部には、細く小さな蠟燭を一本持った兵が待っていた。かろうじて足元がわかる程度の暗闇の中、兵に先導されて小屋の奥へ進む。階段の下部を利用した物置と思われる場所に入ると、床にはぽっかりと口が開いていて、下からの明かりがこぼれでていた。

「地下室があったのか」

呟くルシアンに、モリスがうなるように言った。

「殿下には、誠にこんな有様をご覧に入れたくはないのです」

「……」

八つ裂きにされた女か、あるいは腐りかけた女か。そんなことを考えながら階段を下りたルシアンは、この期に及んで深いため息をこぼしたモリスが、本当に嫌々といったふうに開けた扉から中に入った。地下室内を一瞥して、冷静に言った。

「これはひどいな」

八つ裂きの遺体のほうがまだましだったとルシアンは思った。広い地下室には何十人もの女がいた。恐らくは全員、生きてはいる。床に寝かされている女たちのほかに、だまし絵かと思うほど、考えられない角度に手足を曲げられ、木枠で固定されている女たちがいる。またべつの場所には身じろぎもできないほど小さな檻《おり》に詰め込まれている女や、頭部だけを出してブドウ酒の樽に詰め込まれている女もいた。そのほかにも言うも憚る有様の女たち。そして、よくもまぁ集めたものよと感心するほどの、ありとあらゆる責め道具……。

ルシアンはゆっくりと深呼吸をした。血と排泄物《はいせつぶつ》の臭いで肺が冒されそうだと思ったが、その異臭が怒りに火をつける。すでに正気ではないのだろう、虚《うつ》ろな目をただ開いている女たちにつらそうな視線を向け、そばに控えていた小隊長に命じた。

「ヴェーリンデン侯爵を捕らえよ」

「樽や檻から出してやれないのか」

「軍医が申しますには、急に出すと壊れると……」

「壊れる…？」

「はい、その……急に体を自由にすると、衝撃で心臓が停まるとか……、あの樽の中身は酒やら塩やらで、そこから急に出すと、その、腐った肉が落ちると……」

「……」

ルシアンはギッと奥歯を噛んだ。腐った体にされ、それでも死ぬことを許されず、侯爵の欲望を満たすために見世物にされている女たち。ここまで人の尊厳を貶めることができる侯爵とは、すでに人間ではないと思った。ルシアンの怒りが静かに燃えた。

ルシアンはそばに控えていた小隊長に命じた。

「ヴェーリンデン侯爵を捕らえよ。騒ぎを起こさぬように、静かに、速やかに、侯爵を拘束しろ」

は、と短く答えた小隊長が地下室を走りでていく。ルシアンはモリスを振り返った。

「女たちを一番近くの軍病院へ運べ。全員だ。隠密にな」

「家族に引き渡さないのですか」

「この有様で、返せると思うか？」

「……」

「家族にしてみれば、どのように姿であろうと帰ってきてほしいと願っているだろう。だがこのまま家に帰したところで、この町では救いようがない。おまえは樽詰めにされた娘を見て正気でいられるか？」

「……いいえ、殿下」

「それに」

ルシアンは深いため息をこぼして続けた。

「王妃の実兄がこんなおぞましいことをしでかしたと知られたら、ロワージュの民だけではない、フランジリアのすべての民が、魔物の妹として王妃を糾弾する。王室への信頼は失墜する」

「は」

「家族にも、そしてこの女たちにも心から申し訳ないと思う。だがわたしはフランジリア王国の皇太子だ。娘を想う何十人もの親の気持ちを踏み潰してでも、国の安定を図る義務がある」

「御意」

モリスは深く頭を下げた。いつも穏やかで心優しいルシアンの、これが皇太子としてのもう一つの顔だ。自分の母親が暗殺されたことさえ、国の安定のために、病死だと言い切る強さと暗さ……。

（誠に王族になど、生まれるものではないな……）

決して口にはできないことをモリスは思った。ルシアンが、ふ、と息をついてモリスに言った。

「居城をくまなく探したが、女たちはいなかったことにする。妾にされたのち人買いに売られたと、そういうことにしておこう」

「は」

それが、これ以上誰も傷つけない最上の嘘だろうとルシアンは思い、モリスもまた内心で同じことを思っていた。

地下室から外に出たルシアンは、深夜の空に冴える月を見上げてため息をこぼした。クーラの言ったとおり、侯爵は魔物だと、しみじみと思った。

兵たちが静かに速やかに命じられた任務を遂行していく様子を、ルシアンは廃庭園の泉水に腰掛けて眺めた。女たちが担架に乗せられたり、あるいは兵に抱えられたりして運びだされてくる。ルシアンは近くにいた近衛兵を呼ぶと、自分たちの馬車を出すように命じた。それからべつの近衛兵を呼び、女たちを運びこむ軍病院に、子細を報《しら》せて用意を整えておくよう、伝令を飛ばせと命じた。

「ほかに指示を出すことはあるか……」

考えているところへ小隊長がやってきて、侯爵を拘束したと報告をくれた。ルシアンは表情を引き締め、城へ向かった。

人気《ひとけ》のない城内を足音を殺して進む。現王妃がここで暮らしていた頃はどうだか知らないが、現在は装飾というもののほとんどなされていない、人の住まうところとは思えない冷たい雰囲気になっている。たぶん女を虐げることにしか情熱を持てない男なのだろうと思った。

侯爵の居室に通ると、侯爵は寝室の寝台の下で、兵に縄をかけられひざまずいていた。

「ロワージュ侯爵ヒューゴ・ヴェーリンデン。よい夢を見ているところ、起こして悪かった」

「殿下。これはいったい、どういうことでございましょう」

侯爵が闇の中でもぎらつく目でルシアンを睨み上げてくる。笑んだ口元が異様で恐ろしい。

しかしルシアンは表情を変えずに言った。

「魔物に取り憑《つ》かれたとしか思えぬ侯爵の所業を、この目で見てきたところだ」

「……」

「前王妃、わたしの母の毒殺に成功した時、おまえの中の魔が解き放たれたか?」

「はて、なんのことでございましょう。前王妃殿下の毒殺など、まったく存じ上げません。いかに皇太子殿下とはいえ、そのような言いがかりは聞き捨てなりません」

証拠もないくせに、と思っているのか侯爵は薄く笑う。けれどルシアンは無表情を崩さなかった。

「前王妃が亡くなる前夜に、わたしは前王妃の寝室から出てくる女官を見た。王宮に仕官していた侯爵の遠縁の女だそうだな」

「……」

「国王にも同じ手を使ったようだが、あいにくと国王は男で体も大きく、鍛えてもいる。前王妃と同じ量の毒物では死に至らしめることはできなかったようだ。侯爵の期待に添えなくて申し訳なく思うが、国王は存命であられる。わたしが王都に戻る頃には、国政にも戻られるだろう」

「なんのお話でしょうか、陛下が毒物を盛られたなど初耳。が、ご無事でなにより」

「まったくだな。侯爵の実の妹を国王の後妻として王妃にし、男児を産ませたら、次はその男児、侯爵の甥《おい》を国王に押し上げる考えだったのだろうが……、十五年にわたる計画も水泡に帰したわけだ。邪魔をして申し訳ない、侯爵」

「……」

ルシアンを睨む侯爵の目が、ますます獰猛《どうもう》に憎々しげにらんらんと光った。ルシアンは見下げ果てたという目つきで侯爵を見下ろした。

「女たちをいたぶり、虐げて、楽しかったか？　国王の後見という権力を得たら、今度は女だけではなく、あらゆる意味で国民を虐げるつもりだったのだろう？　従わなければ首を刎ねてしまえばいい。国王にはその力があるからな」

「……」

「侯爵。弱い者を虐げるのは、そんなに愉《たの》しいか。人を支配するのは、やめられぬほどの快楽か。まさに狂気だな。そうしたことは、己の妄想の中だけでやるがいい」

ルシアンが冷たく言う。侯爵が歯を噛みしめる、鈍い音が聞こえた。ルシアンは侮蔑《ぶべつ》の眼差しで侯爵を見下ろして言った。

「前王妃謀殺、国王陛下暗殺未遂の罪で磔刑《たっけい》に処す。……と言いたいところだが、そちらは証拠がない。なにしろお二人に直接手を下した女官もまた、何者かに殺害されたからな」

「……」

「ヒューゴ・ヴェーリンデン。貴公にはこれから、最北の軍施設で快適な一生を送れるよう、手配する」

「…っ、殿下、…」

「案ずるな、ヴェーリンデン。ロワノールの牢獄は狂人にも優しい。妄想に耽《ふけ》らずにはおられないような日々が送れるだろう」

薄くほほ笑んで告げると、ルシアンはさっときびすを返した。その背中に、ルシアン殿下、と侯爵が悲鳴のような声をかけた。ロワノールだけは許してほしいということを、泣きながら訴えている。ルシアンは一言、黙らせろと兵に命じると、そのまま侯爵の部屋を出た。

ルシアンが外に出た時、月は西のだいぶ低い位置にあった。あと一刻ほどで夜が明けるだろう。どこからともなく現れてそばについた近衛兵に状況を尋ねると、女たちは全員馬車に乗せ、最後の馬車が出るところだということだった。うなずいて背後を振り返ったルシアンは、城のどの窓からも明かりが洩れていないことを確認して、ふ、と息をついた。静かに、静かに、すべての処理を終えたのだ。

「……裏庭の小屋の窓は、しっかりと板を打ちつけ直しておけ。決して誰も入ることのないように」

兵に命じ、ルシアンは迎賓館へと足を向けた。

居室に戻り、そうっと寝室を窺う。クラーラはまだぐっすりと眠っていた。子供のように万歳をしているのがほほえましい。ホッとしたルシアンは、我が姫の寝相はなかなかよいと小さく笑うと居間へと戻った。

(まだまだ子供のクラーラだ。侯爵の非道な行いを知られるわけにいくまい)

今夜はなにもなかったのだと思わせなければならない。そのためにルシアンはわざわざ寝間着に着替えると、小さな杯に強い酒を注ぎ、それを持って疲れた体を椅子に投げだした。クッと一息に酒を呷《あお》って深い息をつく。目を閉じると、裏庭の小屋で見た身の毛もよだつ惨状がありありと眼裏《まなうら》に浮かんでくる。化け物め、と心の中で侯爵に毒づけば、今度は母親が亡くなった日のことや、落としきれなかったのか、鼻と口にわずかに血の跡を残した母親の死に顔が浮かんでくる。駄目だ、と頭を振るが、次には毒を盛られた日の意識のない父親の、色のない顔が浮かんだ。

「くそ…、ヴェーリンデン……っ」

抑えたはずの怒りが湧き上がった。皇太子という衣を脱ぎ捨てた本音では、今すぐ侯爵を八つ裂きにしたかった。この手で、苦しみという苦しみを与えたかった。狂気の生け贄《にえ》となって心も身体も壊された女たち、その果てに死んでいった女たちの恨み、暴君になりたいなどという反吐《へど》が出そうな理由で母親を殺された憎しみ、妻の死と息子の悲しみを一人で抱え込み、なによりも国の平和と民の幸福を第一に考える父親を殺されかけた怒り……それらをすべて、はっきりと、侯爵に思い知らせたかった。

「…殺しても飽き足らない、ヴェーリンデン…っ」

ぎり、と杯を握りしめた時だ。

「……ルシアン様……？」

寝室の扉が開いて、クラーラがまだ眠そうな顔をして起きてきた。

「お酒……、眠れなかったのですか？　疲れた顔をしています……」

クラーラはすぐにルシアンの様子に気づき、心配そうな表情を見せてくれる。ルシアンはその表情にとても慰められ、自分の中から黒い感情が消えるのを感じた。ルシアンは微笑を作ると、クラーラを抱き寄せて答えた。

「早く目覚めてしまったようだ。クラーラと素敵な場所へ行くのが楽しみすぎたのだろうな」

「本当に？　嬉しいです。ちょうどいい時間ですし、用意をして出かけましょう」

クラーラは可憐な花のような笑みを見せてルシアンを和ませ、着替えの準備にかかった。

ルシアンに身支度をさせ、自分も手早く服を身につけたクラーラは、髪を編む様子をどうもニヤニヤしながら眺めているルシアンに言った。

「ちょっと厨房に行ってきますね。まだ料理人たちも起きていない時間だし、朝ごはんを作ってきます」

「クラーラが朝食を？」

たちまち目を輝かせてルシアンは言った。

「わたしも行こう。クラーラが作っているところをぜひ見たい。そうだ、いっそのこと、これから案内してくれる素敵な場所へ持っていって、そこで朝食にしないか」

「わあ、朝のピクニックですねっ、素敵ですっ、じゃあお弁当にしますっ」

ルシアンの提案にクラーラも笑顔になって賛成した。

二人でこっそりと厨房へ入る。クラーラは自宅から運びこんできた食材をごそごそとあさった。

「ルシアン様、堅パンって食べられますか？」

「食べられるさ、食べ物だろう？」

「食べ物ですけど……、つまり食べたことがないんですね。どうしようかな……」

「大丈夫。クラーラが作ってくれたものなら、なんでも食べるよ」

「……はい。クレニエの思い出として堅パンを食べていただきます」

クラーラはクスクスと笑って、堅パンと塩漬け肉をスライスし、香味野菜とともに挟んだ。ルシアンはほほ笑んでクラーラの作業を見つめた。愛しい少女が自分のために食事の用意をしてくれる。それがなぜだかとても嬉しかった。

クラーラが肉を挟んだパンと生チーズ、リンゴを籠に詰める。その横でルシアンが、馴れない手つきでブドウ酒の水割りを瓶に詰めた。クラーラはプクク と笑ってしまった。

「皇太子殿下がお弁当作りのお手伝いをしたなんて、きっと誰も信じませんよ」

「誰にも言わないよ。クラーラとわたしだけの楽しい秘密だ」

そう言ってルシアンが額にキスをしてくれる。クラーラはまたしてもたやすく赤面して、ニコニコと笑うルシアンに手を引かれて厨房を出た。

厩番《うまやばん》をしていた兵にだけは散策に行くことを伝えて、二人で馬に乗って城を抜けだした。

夜明け前で寒い。毛布をかぶっていても小さくふるえたクラーラを、ルシアンがぎゅっと抱きしめてくれた。まだミルク売りも出歩いていない道を抜け、クラーラが案内したのはクレセンス家のブドウ畑だ。寒いから外で朝食はつらい。そこで緩い丘の途中にある見張り小屋に入って朝食にした。ルシアンはパクッと豪快にパンにかじりついたが、クラーラは心配で尋ねた。

「あの、お口に合わないんじゃ……、本当にわたしたち平民の朝ごはんなので……」

「そんな心配そうな顔をしないで。とてもおいしいさ、本当にとびきりおいしい」

ルシアンは言葉どおりにもりもりと食べてくれる。クラーラがホッとして生チーズを切り分けると、それもポイと口に入れてルシアンはにっこり笑った。

「わたしは今まで、料理は料理人しか作れないと思っていたから、なんでもできるクラーラには驚かされっぱなしだ」

「そんなこと、こんな、簡単な朝ごはんで……」

「素晴らしいよ。それに本当においしい。愛する女性の手料理を食べられて、とても幸せだ」

「あ、愛する、なんて……っ」

「愛する女性だとも、イチゴ色の頰の姫君」

ルシアンに赤面をからかわれて、ますますクラーラの顔は熱くなる。恥ずかしくてうつむくと、ルシアンが肩を抱き寄せて言った。

「もしかしてクラーラに頼めば、これからいつもおいしいものを食べさせてくれるのかな」

「えと、わたしがおそばにいる時なら、いつでも作りますけど……、でも、本当に平民の家庭料理しか作れませんよ？」

「それでいい。クラーラの優しい手で作った料理が食べたい」

ルシアンはなんとも幸せそうな表情でそう囁くのだ。クラーラの心はとろけた。あと数時間しかそばにいられないとわかっていても。

小屋の窓からそうっと朝日が差しこんできた。クラーラが、時間です、と言ってルシアンの手を取った。

「寒いからマントを着てくださいね」

「クラーラも、ほら、毛布をかぶって」

二人でしっかりと暖かい格好をして小屋を出る。小屋からさらにブドウ畑の丘を登り、てっぺんに立った。クラーラは、ほら、と言って町のある方向を指さした。

「綺麗でしょう？」

「これは……」

ルシアンは目の前に広がる景色に目を瞠《みは》った。丘のずっと下のほうに町があるが、その町の上を濃い朝靄が覆っている。はるか向こうの山並みから顔を出したばかりの太陽がその靄を照らしていて、まるで金や橙、桃色に変化する海のように見えるのだ。一刻も留《とど》まっていない朝靄は本当に水のように流れていき、上っていく太陽の光とともに、刻一刻と表情を変える。夜の青色だった空は朝焼けで真っ赤に染まり、天上の景色とはこういうものかと思うほど、幻想的で神秘的で非常に美しい眺めだった。ルシアンは感嘆の吐息をこぼしてクラーラの肩を抱いた。

「美しいな……ほかに言葉が見つからないくらい、美しい……。こんな美しい町に生まれたことは、クラーラの誇りだね」

「はい……。ありがとうございます。町を褒めてくださって、嬉しいです」

嬉しくなったクラーラが、ルシアンにそっと身を寄せる。ルシアンもしっかりとクラーラを抱きしめて言った。

「これからもこの景色をずっと守らなくては。クラーラやクラーラの家族も、町の人々も、すべてをこのまま守らなくてはいけない。この美しさを守るも壊すも国政を執る王室の判断一つなのだからね。……身の引き締まる思いだよ」

「はい……」

ご立派だわ、とクラーラは思い、言った。

「わたしたちのような田舎の民のことも考えてくださって、本当にルシアン様のことを尊敬します。これからも、ずっと先に陛下の跡を継いで新しい国王になった時も、わたしたちのような小さな人間のことを思ってくれる、そういうルシアン様でいてください」

「ああ。約束する。そうしてクラーラには、できればこれからのわたしを支えてもらいたい」

「はい、……ん？　え、と……？」

うなずいてから、あれ？　とクラーラは首を傾げた。これからのルシアンを支えるとは、どういう意味だろう。クラーラはむむと眉を寄せ、首をひねりながらルシアンを見上げた。

「あの、これからのルシアン様を支えるって、またクレニエに来てくださった時にお世話すればいいのですか？」

「視察や巡啓の時だけだなんてとんでもない。王族の仕事に休みはないんだよ、クラーラ」

「それはわかります。……えっ、それじゃ、え!?　あのっ、ごめんなさいルシアン様っ、王都までお世話に行くのは無理です、通えませんっ」

なんてこと、と思ってクラーラはブンブンと首を振った。いくら大好きなルシアンのためとはいえ、王都へ通うなんて大鷲《おおわし》にでも乗らないかぎり無理だ。それだって行くまでに一日かかってしまうだろう。クラーラが真剣にそう訴えると、ルシアンは、たまらずといったふうに噴きだした。

「クラーラ、あなたは本当に楽しいっ」

「いえ、笑い事ではないのですけどっ」

「通う必要はない。わたしの離宮に住めばいいだろう？」

「あの、でも……。女官として仕えるのは、わたしには無理です。わたしは貴族の姫君ではないし、それに……この町から出るのは、無理なんです……」

あの恐ろしい侯爵が目を光らせている。クラーラがそう思って体を硬くすると、ルシアンが苦笑した。

「クラーラ。わたしが言ったことをもう忘れたのか？」

「あの……」

「あなたをわたしだけのものにしたいと言っただろう？　クラーラのことは離さないと。もしもわたしが皇太子でなかったとしたら、あなたはこの言葉をどう受け止める？」

「え……、……え、え!?」

ようやくクラーラは気がついた。まさか、そんなわけがない、とクラーラは目を丸くした。ルシアンは、驚きすぎて呼吸まで忘れてしまったクラーラの前にひざまずくと、小さくて華奢な手を取って言った。

「クラーラ。クラーラ・クレセンス。わたしの姫君。あなたを一生、わたしのものにしたい。一生あなたを離さない。どうかクラーラ、わたしと結婚してほしい。わたしの妃となって、一生わたしを支えてほしい」

「ルシ、アン……様……」

思いもかけない求婚だった。この国の皇太子が、ひざまずいて、正真正銘の求婚をしてくれたのだ。最後の思い出を作ろうと思っていた、クレニエで一番美しいこの場所で……。

「ルシアン様、ルシアンさ…っ」

こみ上げてくるものをこらえきれず、クラーラはぽろぽろと涙を落とした。腕で拭っても拭っても涙は止まらない。ゆっくりと立ち上がったルシアンが、そっとクラーラを胸に抱きしめた。

「クラーラ。それは嬉し涙と取ってもいいのかな」

「ルシアン、様…っ」

ひくっとしゃくり上げて、クラーラは涙が止まらないまま答えた。

「とても、とても…っ、う、嬉しいです…っ」

「ああ、よかった、クラーラ……」

「で、でも、わたし…っ、ルシアン様の、奥様になるなんて、無理です……っ。わたしは田舎者だし、平民だし…っ、と、とてもルシアン様に、皇太子殿下に、釣り合いません…っ、み、身分が、違いすぎます…っ」

一息に答えて、ひいっくとしゃくり上げた。ルシアンは、美しい小さな泉のようにつきることなく涙を流す目元を、何度も優しく指先で拭いながら、苦笑して言った。

「クラーラ、それでは答えになっていない。わたしはあなたに結婚してほしいと懇願した。クラーラの答えは？　クラーラの気持ちは？　それを答えてくれないか」

「わ、わたし……っ」

「それとも、あなたがわたしに見せてくれた気遣いや思い遣り、優しさは、すべてわたしが皇太子だったから？　皇太子という身分に対して尽くしてくれたの？」

「…っ、いいえ、そんなことないですっ。最初は皇太子殿下だと思って緊張したけどっ、でもルシアン様はすごく優しくてっ、小さなことでもわたしのことを褒めてくださって、わたし、それがすごく嬉しくてっ」

「うん。それで？」

「それで、だからっ、ルシアン様が心地よく過ごせるようにって、それしか考えていませんでしたっ。本当に絶対、ルシアン様が皇太子だからとか、そんなこと思ったこともありませんっ」

「うん。それはつまり、どういうこと？」

ルシアンはまったく素敵な微笑を浮かべて意地の悪いことを聞く。それは、それは、と言葉に詰まっていたクラーラだが、うっとりするほどの綺麗なほほ笑みで見つめられ続けて、とうとう白状させられた。

「わたしっ、ルシアン様が皇太子じゃなくてもっ、農民でもっ、羊飼いでもっ、宿屋のご主人でもっ、鍛冶屋でもっ、……ルシアン様が、好きです、大好きです……っ」

そのとたん、ルシアンが、はーっと大きな息をついた。がくんと肩から力が抜けたのを見て、ルシアン様は緊張していたんだわと驚いた。

「すごい……、皇太子でも緊張するのですねっ」

「クラーラ、当たり前だ、求婚だぞ。断られたらと思うと、怖くてどうしようもなかった」

ルシアンは思わず出たクラーラの言葉で大笑いをすると、改めてクラーラの両手を握って求婚した。

「クレセンス令嬢クラーラ。わたしと結婚してください」

「あの、……はい、えと、お、お受けいたします……」

クラーラは真っ赤な顔で求婚を受けた。嬉しさと、恥ずかしさと、それを上回る幸福で、胸がいっぱいになった。

山向こうから太陽が完全に顔を出した。ルシアンに抱きしめられたまま、柔らかな春の曙《しょ》光《こう》を浴びたクラーラは、この美しい眺めを一生忘れないだろうと思った。

夜明けのブドウ畑から手をつないで、のんびりと丘を降っていた時、ルシアンがふと言った。

「クラーラの父君にお会いしたいのだが」

「今ですか？　まだ寝ていると思うので、起こしたり支度させたりで、少し待ってもらうことになりますけど、いいですか？」

「ああいや。そうか寝ているのだな、夜明けだということを忘れていた」

ルシアンは苦笑して、それならあとで手紙を届けると言った。お父さんになんの用事かしらと思ったが、最初に家に来た日に食材を分けてほしいと言った時も、みんなには内緒でと言っていた。きっと皇太子や父親といった、大人だけの話があるのだろうと思った。

城に戻ってからはいつもどおり、小姓としてルシアンの世話をした。昼食の時、ルシアンは、給仕をするクラーラに微笑して言った。

「クラーラ。わたしの妻になるのだから、ドレスを着てはどうかな。綺麗な服が好きなのだろう?」

「ごめんなさい、持っていないのです。それにクレニエを出るまでは男の子の格好をしていないと……」

自分は結婚することでこの町を出ることができても、まだほかにも女の子はたくさんいる。その子たちのことを思うとスカートを穿けることも、町を出ることも素直に喜べない。クラーラがうつむいてぼそぼそと言うと、そうだった、とルシアンが呟いた。

「そのことについても、クラーラの父君と話をしないとならないのだった」

「お父さんと?」

「いろいろと面倒なことを頼まなければならなくなったんだ。朝の散策からの帰り道、晩餐に招きたいと伝えたかった」

「……えっ!? 晩餐ですか!? でも今日、王都に戻るのではないのですか!?」

「少し事情が変わったのだ」

そう言ってルシアンは難しそうな表情をしたので、なにか政治の話でもあるのねとクラーラはぼんやりと思った。

食後、昨夜は仕事の片づけであまり寝ていないというルシアンが午睡《ごすい》をとった。モリスはルシアンがしたためた、なにやら分厚い晩餐への招待状……というよりも手紙をクラーラの実家へ届けに行き、クラーラは荷物箱に収納してしまった晩餐用の正装を再び引っ張りだした。

「そうだ、厨房に」

この分だと午後のお茶は飲まないかもしれないから、お菓子は冷めてもおいしいものを用意したほうがいいだろうとウートに言いに行くことにした。厨房へ向かって通路を歩いていたクラーラは、素敵な庭を眺めるために外を見て、あれ、と思った。いつもより兵の姿が目につくのだ。

「兵の皆さんも、出立の準備をしているのかもね」

そう思ったクラーラが厨房に入ると、料理人たちがてんやわんやで仕事をしている。何事かしらと驚いて立ち止まったクラーラに、ウートが気づいて言った。

「クラールス、まだお茶の時間じゃないだろう？」

「はい、ルシアン様はお昼寝しているので、お茶は飲まないかもしれないから、お菓子は冷めてもおいしいものがいいと思います」

「そうか、ありがとう」

「あの、今日はなにかあるんですか？」

「殿下が晩餐会を催されるじゃないか。急なことだから大忙しなんだよ」

「……え？　侯爵様のお城でなさるんじゃないんですか？」

「殿下がご招待なさったんだからこちらでなさるんだよ。そうだクラールス、手が空いているなら大食堂の手伝いをしてやってくれないか。近衛兵では食器からなにからとにかく駄目だ」

「あ、はいっ、すぐに行きますっ」

　こちらで晩餐会をするなら、たしかに兵たちもバタバタするわねと納得して、クラーラは大食堂に走った。ウートの言ったとおり、大食堂の卓は唖然とする有様だった。卓布もかけていないむき出しの長卓に、化粧皿ではなく肉用の皿が並べられているのだ。これでは軍の食堂だわ、と焦り、卓布から食器から花器から手拭《てふ》きのたたみかたまですべて教えた。大食堂の指揮官のような働きぶりだ。

「お花はあとでわたしが生けます、だから町でお花を買ってきてください。えーと、全部。お店の花を全部です。はい？　え？　お皿の種類がわからない？　はい、今行きますっ」

　今度は道具室に走り、王室専用の食器に恐れおののきながら、これは厨房へ、これは大食堂へ運んでと指示を出した。

「ほかの町でルシアン様が晩餐会を開いた時は、いったいどうしていたんだろう……」

考えると恐ろしくなる。クラーラは真剣な表情で、自分みたいな者でも手伝えることがあったし、ここにいてよかったと思った。

なんとか準備を整えて部屋に駆け戻ると、すでにルシアンは起きていて難しい表情をしたモリスとなにかを話していた。

「あ、ごめんなさい、お話の邪魔をして……」

「もう話は終わったところだ」

ルシアンはたちまちにっこりとほほ笑んだ。

「ところで、息を切らしてどうしたのかな」

「はい、晩餐会の準備で忙しくしていて……、お茶に間に合わなくてごめんなさい」

「晩餐会の準備？　クラーラが？　なぜ」

「食器や卓のしつらえが兵のかたではわからないからと……、それからルシアン様、わたしはクラールスです」

「モリスにはあなたのことは言ってある、心配ない」

「え!?」

「それよりもクラーラに使用人の仕事をさせるとは……。営膳係《えいぜんがかり》はどうした」

「あちらからまだ戻ってきてはおりません」

　モリスが答えると、ルシアンは、ああそうか、とあっさりと怒りを引っこめた。クラーラは、あちらがどこだかわからないが、ちゃんと営膳の係までいるなんて、さすが皇太子の旅は違うわと感心した。

「モリス様がいてよかったです。ルシアン様の着替えのお手伝いをお願いしてもいいですか？」

「わたしは構いませんが、殿下がなんとおっしゃるか」

　モリスがちらりとルシアンを窺うと、ルシアンはわずかに眉を寄せてクラーラに言った。

「なぜクラーラが手伝わない。あなたはわたしの妻になる人だ。わたしの着替えを手伝うのは、妻の仕事だろう？」

「えっ、あっ、えっと…っ」

　モリスの前で妻と言われて、話は通っているのだろうが恥ずかしくて、クラーラは赤面して答えた。

「着替えはモリス様でも手伝えますがっ、花を生けるのはわたしじゃないとできませんからっ」

「花？」

「はい、大食堂や卓に飾る花です」

「モリス」

ルシアンがうなるように言うと、モリスはふっと笑ってルシアンに頭を下げ、クラーラに言った。

「花はこちらで整えます。あなたは殿下のお手伝いを」

「あ……、はい……」

いきなりモリスに丁寧語を使われて、クラーラはとまどいながらも花は任せることにした。モリスが部屋を出ていくや、ルシアンは立ち上がってクラーラを抱きしめた。

「どのようなこともできるあなたは素晴らしい女性だが、もう少しわたしの妻になるということを自覚してほしいな」

「あの、でも、家のことをとりまとめるのは、妻の仕事ですよ?」

「クラーラ。あなたは皇太子妃になるのだから、それにふさわしい振る舞いをしなければいけない。使用人の真似などしては、周りからどう思われるか」

「あの、それは……、結婚したら、わたしはなにもすることがないという、ことですか? あの、一日中、部屋でじっとしているのですか……?」

「そ、…」

そのとおりだ、と答えそうになったルシアンは、クラーラの固い表情に気づいた。ルシアンと結婚するのはやめると今にも言いだしそうだ。しまった、と思ったルシアンは、皇太子能力を発揮して言いくるめにかかった。

「クラーラ、勘違いしないでほしい。妻の仕事がないと言っているのではないよ。実はわたしの『家』はかなり大きいんだ。クラーラの家のように、母君が一人で切り盛りできるものではない。だからあなたは、一家の『主婦』として『家』を整えるために、人の手を借りることを覚えてほしいんだ」

「あの、お母さんが女中を使うみたいに……？」

「そう。わたしやクラーラの部屋はクラーラが整えればいい。けれど『たとえば』客室が十室あったら、毎日一人で掃除をするのは大変だ。だから掃除人に頼む。『たとえば』二十人の客人を招いての食事だったら、一人で料理をするのは大変だ。だから料理人に頼む。あなたが一人でバタバタしても間に合わないからね。そのために人の手を借りて、あなたはしてもらうことを指示するんだ。わかる？」

「……ああ、そうですね。たしかに、大きな家だったらわたし一人では回りませんね。でも今日は仕方なかったのです、卓のしつらえがわかる人がいなかったし……。ごめんなさい、なんでも一人でやろうとしてルシアン様のことを放ってしまって……」

「いや、人員の采配を誤ったわたしが悪かったんだ。どうも細かいところにわたしは目が向かなくて」

ルシアンが小さなため息をついた。家のことなど男の人はわからないものなのにと思い、クラーラはルシアンが可愛くてクスクスと笑った。

家族の晩餐だから正装でなくていいと言うルシアンを盛装に着替えさせて、二人で来客用の談話室に向かった。談話室ではすでに両親と兄たちが待っていて、ルシアンに丁寧に挨拶をした。いつもクラーラをからかう兄たちがとても緊張している様子がおかしい。クラーラがこっそりと笑うと、ルシアンが母親に言った。

「クレセンス夫人、お願いしていたことは用意してもらえましたか」

「はい、こちらに」

母親が巻紙の小さな書状を手渡す。そうしてひどく申し訳なさそうに体を小さくして礼をした。ルシアンは母親の肩に手をかけると、事情はわかっているから、気にしないように、と励ますようなことを言った。いったいなんだろう、とクラーラは内心で首を傾げた。

それからみんなで大食堂に移動して、ウートたちが大急ぎで作ってくれた素晴らしい夕食を楽しむ。見たこともない綺麗でおいしい料理にクラーラが夢中になっていると、ルシアンが父親に言った。

「クレセンス、わざわざこちらに来てもらって申し訳ない。本来ならわたしから出向かなければならないところだ」

「いいえ殿下、とんでものうございます。わたくしたちこそ、殿下にこのような場を設けていただいて恐縮至極にございます」

「恐縮するのはわたしの話を聞いてからがいいだろう。負いたくはない責任を負う話だからな」

「クラーラの話だけではないのでございますか」

「そう、まずはクラーラの話だ」

ルシアンはにっこりと笑って、横でびっくりしたように顔を上げたクラーラの髪を撫でた。

ルシアンは父親に視線を戻して言った。

「先日、クラーラを妻にしたいと思っている、そのことを心得ておいてほしいと伝えたが、今朝クラーラに求婚したところ、幸せなことに受けてくれた。よって、本日よりクラーラはわたし、フランジリア王国皇太子の婚約者となったことを、正式にあなたに伝えたかった」

「は……、はっ」

父親が大慌てで立ち上がってルシアンに礼をした。母親も兄たちもそれに倣う。クラーラはすでに話が通っているらしい家族の様子に驚いて、フォークに野菜を刺したままルシアンを凝視してしまった。ルシアンはクスクスと笑ってクラーラに言った。

「クラーラの家に、二度目の水を分けてもらいに行っただろう。あの時に、父君たちには伝えたんだ」

「ええっ。あ、だからお父さんもお母さんも様子が変だったのねっ」

納得したクラーラは頬を赤くして怒った。

「でもどうしてわたしに教えてくれなかったのですか⁉　ルシアン様と結婚するなんて、ルシアン様が、そのっ、……わたしのことをそんなふうに思ってくださっているなんてっ、わたし、今朝まで知りませんでしたっ」

「だってクラーラ、クレセンス家の一人娘を妻にと望んだのだから。求婚の前に父君の了解を得なければならないだろう？」

「そんなことっ、……ある、んです、ね……」

外堀から埋めるような真似を怒ろうと思ったが、父親も母親も、黙ってなさい、というふうな怖い顔でクラーラを睨んでくるので、自分が結婚についての儀礼を知らないのだと思った。が、実際にルシアンは外堀を埋め、両親は、皇太子殿下に向かってなんて口を、と礼儀について怖い顔をしたのだ。

ルシアンからも両親からも、なんだか丸めこまれている状態のクラーラは、真っ赤な顔で両親に言った。

「ルシアン様のおっしゃったとおり、わたし、ルシアン様と結婚します。お父さん、お母さん、許してくれてありがとう」

クラーラはふつうに婚約許可の礼を言ったのだが、平民が王族の意向を許す、許さないなどあるわけがないので、またしてもクラーラの天然平民感覚に両親はため息をこぼした。けれどルシアンは、こういうクラーラが愛しいのだ。きっと王宮に入っても、身分差による礼儀の違いなど気にもしないで、そしてもちろんルシアンが皇太子だからという理由ではなくて、ルシアン自身が好きだから心地よく暮らしていけるように気を配ってくれるだろう。そう思い、ルシアンは本当に幸せな気分になり、父親に言った。

「わたしは明日、王都へ戻らなければならない。先に書状にて伝えたとおり、婚礼の準備はわたしが責任を持って行う。ひとまずクラーラを王都に連れていくが、……」

「ええっ⁉　わたしもルシアン様と一緒に王都に行くのですか⁉」

無礼にもルシアンの言葉を遮ってクラーラは言った。両親はまたしても顔色を悪くしたが、ルシアンはおかしそうに小さく笑ってうなずいた。

「そうだよ？　クラーラの両親に婚約を報告したのだから、次はわたしの両親にも報告をしないといけない」

「そうか、そうですよね。……えっ、国王陛下と王妃殿下に⁉」

「いいや。わたしの父親とわたしの母親に、だ。心配や不安があるならあとでうんと聞くから、今はおとなしくしていて、クラーラ」

ルシアンはクラーラの指先にキスを落としてクラーラを羞恥で固まらせると、この隙にと話を進めた。

「婚儀についてはクレセンス家の負担にならないように配慮するので、その点は心配しないでほしい」

「殿下のご高配、痛み入ります」

「クラーラの支度については、クレセンス夫人がこの十七年、ずっと楽しみにしていたことであろうから、そちらにお任せします」

「ありがとうございます、殿下。心より感謝いたします」

そう答えた母親は、すでに目を潤ませてルシアンに頭を下げた。クレニエで娘を持ってしまった母親として、無事に結婚させることができるだろうかと、ずっと不安に思っていたに違いない。クラーラは今になって、娘にスカートを穿かせたかったのは、実はクラーラよりも母親なのではないかと気づき、少し涙ぐんでしまった。

ルシアンも微笑を浮かべると、すぐに真剣な表情を父親に向けた。

「さて、ここからは少々面倒な話になる。実は、ロワージュ侯爵が心の病に陥った」

「は!?」

父親が目を丸くした。母親も兄たちも、もちろんクラーラも驚いた。皆が見つめる先で、ルシアンは淡々と告げた。

「詳しいことはクレセンス、日を改めてあなたには話す。現在ヴェーリンデン公は、心身ともに、州政を執れる状態ではない。まだ陛下が勅命を下されておられないので公にはできないが、ヴェーリンデン公はすでに療養施設に移っている。そちらで一生を終えることになるだろう」

「そ、それは……いえ、いえ、殿下、急なことで驚きました……」

なにかを察したらしい父親が、動揺と驚愕の綯《な》い交《ま》ぜになった表情を見せる。クラーラもびっくり顔でルシアンに尋ねた。

「侯爵様が入院したのですか!? それじゃこれから女の子たちは、町を歩いても平気になるのですか!?」

「そう。昔のように堂々と町を歩けるよ。スカートを穿いて、リボンをつけてね」

「ああ……、よかった……っ」

これには本当に心底安堵した。女の子が自由に歩ける町、魔物のいなくなった町、平和な町。遠くへ働きに出ていた女の子たちは帰ってこられるし、町の男の子と結婚して両親のそばで暮らすこともできる。本当に嬉しい。思わず涙ぐんでしまうと、クラーラの優しい心根に微笑したルシアンが、申し訳なさそうに言った。

「けれどクラーラ、これはわたしもとても胸を痛めているのだが、あなたのお友達は見つからなかった。お友達も、そのほか、町から攫われてしまった女性たちは、誰一人見つからなかったんだ」

「……そうなのですか……」

「ああ。城中、くまなく探したのだが。あの恐ろしい噂については、クラーラにこんなことを教えたくはないが、実際は攫ってきた女性たちに無体なことをして、飽きたら人買いに売ったのだろうと思っている。だから城内に女性たちは一人もいなかったのだろうな」

「人買いに……マノンも……」

「残念だと思う。けれどクラーラ、お友達はどこかで生きている。これから助けることも、いくらだってできるんだ。希望を捨ててはいけない」

「……はい」

ルシアンの優しい大嘘を信じたクラーラは、目に涙を溜めてこっくりとうなずいた。ルシアンが両親に、そういうことなのだというふうにうなずくと、両親も兄たちも、やはりな、という表情でうなずいた。ルシアンは、子供でしかも女の子のクラーラには、侯爵が女たちをオモチャにしていたとは言えなかったのだろうと察したのだ。

「さて、このような事情からヴェーリンデン公はロワージュ侯爵を返上せざるを得なくなった。そこで次の領主を立てる必要がある。クレセンス」

はい、と言った父親がルシアンを見る。ルシアンはやはり淡々と言った。

「クラーラはわたしの妃になる。皇太子妃だ。つまりクレセンス家は皇太子妃の生家となり、あなたはわたしの義理の父ということになる」

「そ、そのようなっ、恐れ多い…っ」

「さらに、ロワージュ州統一の戦の折に、ヴェーリンデン家に負けなければ、現在のロワージュ領主はクレセンス家がなっていたという歴史的な事実もある」

「で、殿下……」

「次のロワージュ侯爵には、あなたが就くことが順当だろう」

「それは、殿下…っ」

父親の目が驚きに見開かれ、そして潤んだ。クラーラがびっくりしていると、ルシアンが穏やかな笑みを浮かべて言った。

「引き受けてくれますか、クレセンス伯」

「殿下、わたくしには、そのような称号は…っ」

「クレセンス家は皇太子妃の生家として、侯爵号を叙爵《じょしやく》されます。そしてあなたがロワージュ領主に就けば、伯爵号を名乗れる。クレセンス伯で間違いはない」

「は……」

「もともとはクレセンス家の居城だったあの城も、あなたの手に戻ります。祖先が暮らしていたあの城で、これからはあなたがたが暮らすのです」

「はい、はい…っ、あ、ありがたき…っ」

涙をあふれさせた父親は言葉も出ない。父親からこれまで一度も城や祖先への想いなど聞いたことがなかったクラーラは、心の中ではこんなにも城と領地を取り戻し、本当のクレセンス家として立ちたかったのだという父親の気持ちを初めて知った。それを取り戻せるのかと思うと、クラーラの胸も熱くなった。

ルシアンが穏やかに父親に尋ねた。

「クレセンス伯。ロワージュの領主、受けてくれるか」

「はい、はい…っ、謹んで拝命いたします…っ」

父親は席を立ち、ルシアンに深く礼をした。大食堂になんともいえないホッとした空気が流れる。クラーラがうふふと笑って目元の涙を拭うと、ルシアンも微笑を浮かべて言った。

「クレセンス伯の叙爵など、手続きはすべて王都へ戻ってからになる。わたしとクラーラの婚儀もそのあとのことになると思うが、国王の意見も聞いて進めていきたい。クレセンス伯にも何度か王都へ来てもらわなければならないと思うが、よろしく頼む」

「はい、殿下」

今度は父親はしっかりとした声で答えた。その後はお祝い気分でたいそう和やかに食事を終えた。

両親と兄たちを見送ったクラーラは、まるで子供のように、ひょいとルシアンに片腕で抱き上げられ、居室へ連行された。

「ルシアン様、わたし歩けますからっ」

「あなたを放って置いたら、食器の片づけやらなにやらやりそうだからね。営膳係も戻ってきたことだし、片づけは兵に任せて、あなたはわたしの世話をするように」

「ちゃんと着替えのお手伝いはします、脱いだ服も手入れをして荷物箱にしまってしまわないと……」

「そう、そういうことをあなたはすればいい」

ルシアンは満足そうにそう言った。ところが居室に入ると、ルシアンはそのまま寝室に直行してクラーラを寝台に横たえたのだ。ルシアンの思惑に気づいたクラーラはたちまち頬を染めた。

「待って、ルシアン様……」

「待てない。求婚を受けてくれた時からずっと我慢していたんだ」

「あ……」

「愛している、クラーラ。わたしとの結婚を決断してくれてありがとう。あなたを生涯愛すると、生涯大切にすると、改めて誓うよ。クラーラ、クラーラ……」

熱っぽく囁くルシアンに口づけをされたら心がとろけた。この太陽のように暖かくて、美しくてたくましい男が自分の夫になるのだ。生涯愛すると、大切にすると誓ってくれたのだ。幸せすぎて泣きそうになった。

拙《つたな》いながらクラーラもキスに応える。キュッと強く舌を吸われてクラーラの体から力が抜けると、シルアンは丁寧な手つきだったが、手早くクラーラの衣服を剝いだ。ルシアンの手がクラーラの胸をまさぐってくる。クラーラは、んん、と喉で泣いて口づけをほどくと、目元を赤く染めて小さな声で言った。

「わたし、だけ……、恥ずかしい……、ルシアン様も……」

「……ああ」

初心《うぶ》なクラーラにルシアンは興奮した。体を起こし、女性的な美しい曲線を持つクラーラの体を眺めながら、衣服を脱いだ。再びクラーラに覆いかぶさり、キスをして、囁く。

「どのように愛そうか。どうしてほしい？」

「どうして、て……そんなの……」

「クラーラを愛しているから。クラーラの望むことはなんでもしてやりたい。寝台でもね」

「そんな……してほしい、ことなんて……」

「そう？　ここなど好きなのだと思ったが……」

ルシアンの大きな手が乳房を包み、親指が器用に乳首をクルクルと回す。そこが硬くしこっていくにつれ、クラーラはジンと感じた。

「ん、ん……」

「ほら。ここをいじられるのが好きだろう？　クラーラ、答えて。ここをいじられるのが好きだね？」

「…待っ、て……」

「クラーラ。答えて」

「……、好き……」

クラーラは真っ赤な顔で、小さな声で答えた。ふっと微笑ったルシアンが、指の間に挟んでキュッキュッと締めてきたり、上下に弾いたりしてくる。そのたびにクラーラの体はジンジンとうずいた。

「クラーラ、どうされるのが一番好き？」

「ル、ルシアン、…」

「ほらクラーラ、夫が聞いているのだから答えないといけない。どこをどうされるのが好きなの？」

「そん、な……」

恥ずかしくて言えない。けれど閨《ねや》では夫に従うものだと教えられている。ルシアンから優しく、どうされるのが好きか答えなさい、と問い詰められて、クラーラは羞恥で燃えるほど体を熱くしながら答えた。

「ゆ、指、で……回して、もらうのが……好き、です……」

はしたないことを口にしたら、ルシアンにどこもさわられていないのに、秘密の場所がズキンと感じた。恥ずかしくなって、そんなことをルシアンに知られたくなくて足を閉じようとした。が、ルシアンの腰がしっかりと割り込んでいる。ルシアンはクラーラの耳朶をキュッと噛むと、指の腹でクラーラの乳首を転がしながら囁いた。

「クラーラはこうされるのが好きなんだ。そうだね？」

「ん、ん…っ」

「クラーラ、足がわたしの腰を締めつけてくる。どうした？」

「……」

「イヤイヤじゃないよ、クラーラ。夫が尋ねているんだ、答えなさい」

「……、ジン、て……する、から……」

「感じるの？　どこが？」

「あ、の……、し、下、のほう……」

　答えたら、またジンと感じた。秘密の泉からとろりと蜜があふれたことがわかる。自分がとてもいやらしい感じがして、クラーラが両手で顔を隠すと、ルシアンがふっと笑った。

「下のほう？　ここかな？」

「あ、駄目…っ」

　ルシアンの手がするりと下腹に伸びる。今さわられたら、淫《みだ》らに濡らしていることを知られてしまう。クラーラは泣きそうな顔で止めたが、ルシアンの指はすでに泉にたどりついていた。

「クラーラ、とろけそうに熱く濡れている。ここにはふれていないのに、なぜ？」

「いや……ごめんなさ……」

「可愛らしい果実のような乳首をいじられただけで、こんなになるほど感じてしまうの？」

「ごめんなさ……」

「クラーラ、感じてしまうの？」

「…、はい…、感じ、ちゃう……」

「どうされると？」

「…む、胸……いじられる、と……」

自分がいやらしいと白状している気分だ。ルシアンがゆっくりとかき回している泉がジクンと感じて、またみっともなく蜜をこぼしてしまった。ふふっと笑ったルシアンが言った。

「すごいね、クラーラ。わたしの指だけではなく、手のひらのほうまで濡れてしまった。ほら、ちょっとかき回しただけで音がする」

「いや、いや……」

「どれほどあふれているんだろう。見てもいい？」

「…!? 駄目、絶対駄目っ」

「それなら舐めるのはいい？」

「そ、それも駄目…っ」

「クラーラ、どちらも駄目は聞けない。見られるのがいい？ それとも舐められるのがいい？」

「いや……、や……」

「そう、クラーラが選べないのなら仕方がない。わたしの判断で、じっくり見せてもらうことにする」

「…っ、駄目、駄目っ」

とろとろに濡れているところを見られるなんて……恥ずかしくて気絶してしまうだろう。ルシアンがクラーラの膝の裏を摑んで、胸のほうへ折るようにした。腰が持ち上がってルシアンの目の前に恥ずかしいところが晒される。いや、と小さな悲鳴をあげたクラーラがとっさにそこを両手で隠すと、自分の手のひらにも熱い蜜がぴちゃりとふれて、いたたまれなくなった。

「クラーラ、手をどけて。見えない」

クラーラは黙って首を振る。

「見られるの、いや？」

うなずく。

「それなら舐めていいんだね」

それにも首を振る。

「どちらも駄目は聞けない。さあ、見せて」

クラーラの足を肩にかけたルシアンが、クラーラの両手を引き剝がす。秘密の場所があらわにされて、恥ずかしくてクラーラはべそをかいて言った。

「いや、いや、見ないで……」

「それなら舐める?」

「……」

「クラーラ、どちらにする? 舐める?」

「……、……ん……」

「それなら舐めてと言わないと」

「そんな……」

「クラーラの希望なのだから。言わないのなら、わたしの希望を通す。じっくり見せて」

「う、ふぅ……、…な、舐め、て……」

クラーラはとうとう涙をこぼし、小さな声で言った。はしたないことをねだる自分が死ぬほど恥ずかしかったのに、やはりジクッと感じて蜜があふれて、そこを隠しているクラーラの指の間からとろりと垂れてしまった。ルシアンは、はあ、と熱い息をこぼすと、体を屈めてクラーラの指先にキスをした。

「クラーラ、手をどけて。舐められない」

「…ん……」

そろり、と手をどかす。ふっと顔を寄せたルシアンがふふっと笑った。

「クラーラ、甘い匂いがする。あなたの蜜の匂いだね」

「い、や……」

「きっと甘いんだろう」

「そんな、…あっ」

ルシアンの舌が蜜の泉に差しこまれた。すくうように舐めてくる。体の奥の方がズキリと感じて、思わず締めつけてしまう。ルシアンはそのままいやらしく舌を動かした。腰が抜けそうなほど感じた。

「ああ、駄目、駄目ぇ……」

泉から舌を抜いたルシアンが、今度は襞《ひだ》を分けるように丁寧に舐めてくる。クラーラの口からあえかな嬌声《きょうせい》がひっきりなしにこぼれた。敏感な花芽を舌がかすめるとびくりと体が跳ねる。そこを舐めてほしいのにルシアンは慎重に外すのだ。腰の奥がうずいてたまらない。熱い体ももどかしい快楽でいっぱいで、頭もふわふわしてきた。

「ああ…も、いや……いやぁ……」

上り詰めたくて、無意識に腰を揺すってねだってしまう。ルシアンがふっと笑って顔を上げた。

「なにがいや？　どうしてほしいの」

敏感なそこを舐めてほしいとクラーラが言うことを期待した。まだまだ初心なクラーラに卑猥な言葉を言わせ、羞恥でもっと泣かせたかった。そして羞恥が快楽につながることを教えたい。自身のそんな衝動をルシアンも不思議に思うが、クラーラをこうして泣かせることができるのは自分だけだと思うと、独占欲が満たされるのだろうと思った。

可愛らしくもだえるクラーラに、そっとルシアンは尋ねた。

「クラーラ言って。どうしてほしい」

「あ…、んんん……」

頭も体も快楽でいっぱいで、焦《じ》らされて焦らされてどうにかなりそうなクラーラは、恥ずかしさも忘れて口走った。

「も、ル、ルシアン様の、入れたい……」

「…っ、入れたいの」

「入れたい……、入れて、それで、さわってほし……」

「どこを？」

「ん、ん、…気持ち、とこ……」

「そう、わかった。愛しいクラーラ、仰せのままに」

思いがけず過激なことを言われてルシアンは苦笑した。溶かしすぎてしまったと思ったが、これくらいの愛撫でとろけてしまうクラーラが可愛かった。力が入らなくて豆を詰めた人形のようになっているクラーラを、丁寧に返し、腰を高く上げた。ルシアンのせいであふれた蜜が腿《もも》まで濡らしている。可愛い、と思うシルアンの胸が愛しさで満ちた。

「ルシア、様……」

「ああ、入れるよ」

子供のように無邪気にねだるクラーラに微笑を浮かべ、ルシアンは熱く潤んだ虚《うろ》に己の剛直をゆっくりと埋《うず》めていった。

「あ、あ、あ……」

クラーラが無意識にずり上がって逃げようとする。その細い腰を掴んで引き戻し、根元まですっかりと押し入れた。柔らかくて熱い締めつけがたまらない。まだ熟していないクララの虚はきつくて、ルシアンは逸《はや》る気持ちを抑えてゆっくりと腰を動かした。

「は、…あ……」

揺すぶるたびに可愛らしい声をクラーラはこぼし、その声にルシアンも煽《あお》られる。高く肉を打つ音を立てながら責め上げ、クラーラの前に手を回すと、望みどおりに弾《はじ》けそうなほど硬くなっている花芽を柔らかくつまんだ。クラーラがひときわ高い声を上げ、キュウッとルシアンを締めつける。

「あっあっ、いや、駄目ぇっ」

蜜が伝ってヌルヌルになった花芽を優しくいじりながらクラーラを突き上げる。クラーラの甘い声は止まらなくなり、過ぎる快楽から逃げようにも腰が砕けていてままならない。ルシアンは呼吸を上げながらも、なぜこんなに可愛いのかと思い、愛しさの分、激しく責めた。

「もう駄目、もう駄目っ、…んんんー……っ」

敷布を引き摑んだクラーラが息を詰め、小さな体を痙攣させて極みを迎えた。ルシアンを包む熱い虚も、出してとねだるようにキュ、キュ、と締めてくる。く、と息を詰めたルシアンは、所有の印を残すようにクラーラの中へ欲望を放った。


王都に入った時には、春も盛りとなっていた。

「すごい……なんて綺麗っ」

馬車の窓からそうっと外を見て、クラーラは目を丸くした。とにかく目に入るものすべてが美しい。道を行く人々の衣服、髪型。高い建物、間口が大きくて綺麗に飾りつけられたいろいろな商店。今すぐ馬車を飛び降りてあちこち見て回りたくなったが、ルシアンから、馬に乗るのはもちろんのこと、一人で出歩くことすら禁止されているのだ。

「急に淑女らしくしろって言われても……」

クラーラは小さなため息をこぼした。王都へ戻るルシアンとともにクレニエを出ることになったクラーラは、当然のように馬に乗ろうとした。ところがルシアンが、優しく微笑みながらもきっぱりと言ったのだ。

「クラーラ、皇太子妃は馬には乗らない。馬車で移動するんだ」

「あ……、はい、ごめんなさい……」

「謝らなくていい。クラーラはこれまで男子として暮らしてきたのだから、いろいろと勝手が違うだろう。結婚式までに、淑女の身ごなしを覚えてくれればいいから」

「は、はい……」

うなずいたものの、王都へ戻るまでの町々で、優しく優しく、あれは駄目、これも駄目、と言われて少し窮屈になってきている。

「だいたいわたしはスカートも穿いていないし、お化粧だってしていないのに。この格好で淑女らしくしても変だわ」

ルシアンがいないので一人でぶつぶつ文句を言った。ふうとため息をついて窓の外を見ると、凱旋《がいせん》でも祝賀のパレードでもないのに、王都の人々がルシアンの帰りを喜んで、国章を振ったり花を投げたりしている様子が見えた。

「あんなに素敵な皇太子だもの、みんな敬愛しているのね」

そんなルシアンが自分の夫になるのだと思うと、誇らしくて嬉しい気持ちと同じだけ、不安が増した。

（わたしみたいな田舎娘が皇太子妃になるなんて、みんな受け入れてくれるかしら……）

ちらり、と外を見る。美しいドレスを身にまとった女性たちが目に入り、クラーラはぎゅっと拳《こぶし》を握った。性格は変えようがないけれど、せめて見た目を……ルシアンの言うように、淑女の身ごなしをちゃんと身につけよう、と思った。

そのうちにあたりは緑豊かな公園のような場所になり、素敵、と思っているとふいに馬車が停まった。思わずお行儀よく椅子に座り直したところで、馬車の扉が開かれた。

「クラーラ、降りて。王宮に着いた」

「はい。……えっ、王宮⁉」

ルシアンの手を借りて馬車を降りながら、さっきまで見ていたのは公園ではなくて、王宮の庭なのだと悟った。そうして馬車を降りて唖然とした。王宮の、その大きさに。

(そ、それはそうよ、王宮なんだもの。国王陛下が住んでいらっしゃるところなんだから)

そうは思うが、生まれてから見た建物で一番大きいものは、クレニエの元はクレセンス家のものだった城だ。あの城の何倍も大きな宮殿を目にして、圧倒されたし緊張した。しかもいかにも厳しそうな男が二人、出迎えているのだ。怖そうでクラーラの足は動かなくなってしまった。気づいたルシアンが、ん？　という表情でクラーラを見る。

「クラーラ？　立ち止まらないで」

「あの、わたし……足が、動かなくて……」

「うん？　……ああ、緊張しているのか」

ふ、と笑ったルシアンが軽々と片腕でクラーラを抱き上げ、そのまま宮殿に入る。出迎えていた男たちに言った。

「こちらはクレセンス伯爵令嬢クラーラだ。姫の支度が調い次第、陛下に目通りをしたい」

黙って頭を下げた男たちがそれぞれ用をこなしに散っていく。クラーラは慌ててこそっと耳打ちした。

「ルシアン様、わたしまだ伯爵令嬢じゃありません」

「決定されていることは事実と同じだよ、クラーラ」

ルシアンはにっこりと笑って言った。嘘も方便、宮廷では方便を使わなければたち行かないが、ルシアンはクラーラを宮廷の魑魅魍魎《ちみもうりょう》どもの中に出すつもりはないのだった。

ルシアンに抱き運ばれて宮殿の奥へと進む。表側と違って奥は、贅沢なしつらえだが華美でも豪華でもなくなった。実用に向くほどの広さや大きさだ。なんとなくホッとして、いくつもの内庭を横目に通り過ぎていった。

「さあクラーラ、部屋に着いた」

「はい。……え、部屋？」

ルシアンは衛兵が守る扉を入ろうとしているのだ。衛兵がいるということは王族の部屋ということになる。クラーラはギョッとしてルシアンの服にしがみついた。

「待ってルシアン様っ、へ、陛下のお部屋ですか!?」

「いや、わたしの部屋だよ」

「……え？」

「わたしはまだ未婚だから、王宮住まいなんだ。あなたと結婚したら離宮へ移る」

「……離、宮……」

「すぐ近くだ。結婚したらと言ったが、もう入れるようになっている。父上にお会いしたらすぐに離宮へ移るから、あなたに不自由はさせない」

「……」

嘘でしょ、とクラーラは思った。だってルシアンは『家』と言ったではないか。『たとえば』客室は十室で、『たとえば』二十人の客人を招くと……。

(離宮が王宮の半分の半分の大きさだとしても……っ)

そんなわけがない。クラーラはルシアンの嘘を怒るよりも、そんなところに住む自分が想像できなくてクラクラした。ルシアンは居間に入るとクラーラを抱いたまま椅子に腰掛け、先ほど王宮の出入り口で出迎えていた怖そうな男の一人に言った。

「姫に湯浴みと洗い髪の用意を。女官は必要ない」

湯浴み!? クラーラは仰天してルシアンを見た。

「あ、あの、ルシアン様っ」

「まずは父上に会ってほしい。旅の汚れを落とさないとね」

「お父さん……、陛下に!?」

重ねて驚いたが、すぐに心配で表情を曇らせた。

「ご病気だって聞きました……、よくなったのですか？」

「ああ。まだ公務に就けるほどではないが、危険な状態は脱した。心配をしてくれてありがとう、クラーラ」

「い、いえっ。……お見舞いなら、お花を持っていったほうがいいですよね？　わたし急いで花屋さんに行ってきます、場所を教えてもらえますか？」

「ああもうクラーラ、可愛い」

ぎゅうっとクラーラを抱きしめた。国王に会うのだから緊張するはずだが、それよりも心配のほうに心が向くクラーラが本当に愛しい。それにクラーラの至極まっとうな「ふつう」の感覚……つまり見舞いの花を花屋へ買いに行く、という感覚も王室には必要な感覚だ。クラーラが妃になることで今よりもっと風通しのよい王室になる確信があった。

魔法のように素早く湯浴みの用意がなされ、クラーラはルシアンの手も借りて、体と長い髪を洗った。

「手伝わせてしまってごめんなさい、ルシアン様。髪を洗うのは一人では大変なので、すごく助かりました」

「いや、愛する妻の湯浴みを手伝うのは、存外に幸せだと知ったからね。家では母君に手伝ってもらっていたの？」

「いえ、女中に」

「ではこちらでも女官……、いや、女中をつけよう」

女官などと言ったらまたしても、結婚しないとクラーラが泣きだしそうな予感がして、ルシアンは、これからはなにごとも『ふつうの家』のように言わなければと心に命じた。湯浴みを終えたクラーラに湯上がり着を着せたルシアンが、努めて何気なく言った。

「着替えを用意させたから女中を入れるよ」

はい、とクラーラは当たり前にうなずいてくれたのでホッとして、談話室に控えている侍従に、女官を入れるように命じた。しずしずと入ってきた何人もの女官に、当然クラーラはびっくりする。思わずルシアンの後ろに隠れてしまうと、ルシアンが慌てて、あれを見せろと手振りで女官に言う。心得ている女官がすぐに、女性使用人を部屋に入れた。

「ほらクラーラ、ごらん」

「……わあっ」

ルシアンの背後からそうっと部屋の中を見たクラーラは、使用人が掲げ持っている衣装を見て目を輝かせた。

「ドレス！　ルシアン様、とても綺麗ですねっ」

ぽうと頬を染めたクラーラを見て、気に入ってくれたようだと安堵して、シルアンは言った。

「さあ、これに着替えて。ドレスは初めてだろう？　一人では着られないんだ。だから女か……いや、女中が必要なんだ」

「……わたしが着てもいいのですか!?」

「あなたのためのドレスだからね。クレニエで母君から、あなたの寸法を聞いておいたんだ」

「えっ」

迎賓館での晩餐の時、母親がルシアンに手渡していた書状。あれが寸法を報せるものだったのねと思い、抜かりのないルシアンにも、ずっとクラーラに黙っていた母親にも呆れた。けれどルシアンは悪びれもせずににっこりと笑って言った。

「王都に着いてすぐにドレスが必要だからね。さあ、早く召し替えなさい。父上をあまりお待たせしてはいけない、あなたに早く会いたいそうだから」

「あ、…あ、はいっ」

「わたしも召し替えをする。クラーラ、支度ができたら談話室に出ておいで」

ルシアンはそう言って、自分は着替え室に向かった。

しばしのち。支度の整った、というよりも女官によって整えられたクラーラは、鏡の中の自分を見て、嬉しさで頬を紅潮させた。ずっとずっと着たかったドレス。それも、憧れだった赤い色のドレス!! あんまり嬉しくて、たまらずにクラーラは談話室に駆け込んだ。

「ルシアン様、ルシアン様っ。わたしドレスを着ましたっ」

「……思っていた以上だな」

ルシアンは目を瞠った。男子の格好をしていた時でさえ可憐だったクラーラなのだ。そのクラーラが美しいドレスに身を包んでいる……。あまりの愛らしさにルシアンは二度目の恋をしたほどだった。そんなクラーラに腕を貸して国王の居室へ向かう間、クラーラは時々ルシアンの腕を離れてくるっと回ってドレスの裾を広げたり、その裾をつまんでルシアンに礼をして見せたりする。やってみたくてたまらなかった女の子の仕種だ。可愛らしくてクスクスと笑うルシアンに、クラーラはふと真面目な表情になると、尋ねた。

「あの、ドレスはすごく素敵なんですけど……わたしが着て……変じゃないですか？」

「変ではないさ。とてもあなたに似合っているよ。赤いドレスを選んだのは、赤が好きだから？」

「あの、着たことがなかったので。赤とか桃色とか、それから橙色《だいだいいろ》とか……綺麗な色を着たかったのです。だから本当に嬉しいですっ」

「結った髪もとても素敵だよ。バラ色の首飾りも耳飾りもとても似合っている」

「本当ですか？」

「本当だよ」

ルシアンがにっこりと笑って請け合うと、クラーラは嬉しくてたまらずに、唇に差した紅ほど顔を赤くして、キュウウゥッと腕をちぢこめた。あんまり可愛くて、ルシアンは思わずクラーラをぎゅっと抱きしめてしまった。

「クラーラ、クラーラ。頼むからわたしと結婚してくれ。ほかの男など見ないでくれ」

「えっ!? ルシアン様ほど素敵な人はいないのですから、ほかの人など目に入りませんっ」

「ああ、そう、それでいいんだ、クラーラ」

プクククとルシアンは笑ってしまった。この一途《いちず》さもまた愛しい。ゲームのように恋の駆け引きを繰り広げる宮廷には、絶対にクラーラは出さない、と改めて心に誓った。

いよいよ国王の寝室についた。クラーラは手に汗をかくほど緊張したが、病人なのだし気を遣わせてはいけないと、そちらを心配した。扉が開かれる。クラーラは、躾けられてはいても実際にしたことのない姫君の礼をして、そうっと寝室に入った。

「父上、国内視察よりただいま戻りました。お加減は」

「ご苦労、ルシアン。なに、もうどこもなんともないのだが、公務に戻るには心の臓やら腎やらがまだ弱いと殿医が言ってな。暇を持てあましている」

「公務に戻られたらゆっくりと寝る時間もなくなるのですから。休む時にはしっかりと休んでください」

「だからこうして、寝台にじっとしているんだよ」

国王は柔和な笑みを浮かべてルシアンにうなずいた。それからクラーラに視線を移す。

「そちらの姫君がおまえの言っていた、妃にしたいという姫君か。花が咲いたように部屋が明るくなる姫君だな」

国王が目を細めたくらい、クラーラは美しい姫君になっている。

華麗なドレス……ふんわりと品よくふくらんだスカートは、赤やバラ色、桃色を重ね、刺繍が贅沢に施されていて、上着は袖にも裾にも襟周りにもたっぷりとレースが取りつけられている。長く美しい金色の髪も少女らしく結い上げられ、宝石で飾られていた。耳にも胸元にも宝飾品をつけている。素顔のままでも可憐な顔には、紅を引き若干の粉をはたいて、まるで東国の陶器で作った人形のように、透明感のある美しい乙女となっているのだ。クラーラが気にしている小ぶりの胸は、生まれて初めて身につけたドレス用下着によって、見事に豊かに盛り上がっていた。

それはそれは美しく、上手なダンスを見ているようにふわりと礼をしたクラーラを見て、国王は何度もうなずいた。

「その髪の色、ゾーエとよく似ている。ああ、ゾーエというのは前の王妃、そのルシアンの母親だ。クラーラ、そなたはアンテールの血筋が入っているのかな?」

国王に直接問われたクラーラは、どきりとしながらも、笑顔で答えた。

「はい。母の生家はアンテールの旗騎士です」

「ルメール侯爵家の旗騎士というと、エルマン家か。よく知っているよ、クラーラ。ゾーエはルメール侯爵家の生まれなのだよ」

「そうだったのですかっ」

思いもしなかった縁だと思って、クラーラは目を丸くした。国王は、王妃の座を埋めるためという政治的な理由で現王妃を娶《めと》ったが、ルシアンの母親である前王妃とは本物の恋愛結婚だった。現王妃にはもちろん情愛はあるし、大切にしてもいる。けれど一番に愛しているのは今も、亡くなったゾーエだ。そのゾーエと同じアンテールの血、金色の髪を持つクラーラは、まるでゾーエの若い頃を見ているように思える。自分に娘がいたらこうなのだろうなと思った国王は、喜怒哀楽を素直に表すクラーラがすでに可愛くて、ふふ、と笑ってルシアンに言った。

「わたしは今朝方、奥庭で、クラーラによく似た可愛らしいものを見た気がする」

「あてましょうか」

ルシアンもクスクスと笑いながら答えた。

「イチゴでしょう？」

「そう。野イチゴだ」

フランジリア王国の国王と皇太子が、二人でクスクスと笑い合う。二人ともそんなにイチゴが好きなのかと思ったクラーラは、それなら役に立てると勢いこんで言った。

「イチゴがお好きでしたら、わたしが実家から苗を取り寄せて花壇で育てますっ。ルシアン様も褒めてくださったくらい、すっごく甘くておいしいのですっ」

今度こそ、国王が声を立てて笑った。

「これはいいっ、自らイチゴを育てるのかっ、まるでイチゴの姫君だな、ルシアンっ」

「はい。一目見た時からそう思っていました」

ルシアンはニヤリと笑うとクラーラを抱き寄せ、イチゴよりもなお瑞々《みずみず》しい唇を奪った。

あとがき

わーい、こんにちは、花川戸菖蒲です。今日は男装乙女のお話をお届けします。

旗騎士の家に生まれた十七歳のクラーラは、小さい頃から男の子の格好をして過ごしてきました。それは同じ町に住む領主にまつわる、恐ろしい噂のせいです。ある出来事がきっかけで、クラーラはすぐにでも町から逃げなくてはならなくなります。

ところが視察で町を訪れた皇太子に、お世話係としてクラーラは召し上げられます。ルシアン皇太子のあまりの美男子ぶりにクラーラは一目で恋に落ちますが、自分が女の子だとは言えないし、知られてもいけない。だからクラーラは男の子の振りをしてルシアンへの恋心を隠します。そんな時、一人になったクラーラのもとへ領主がやってきて……。

ルシアンから男の子だと思われているクラーラは、思いを告げることができるでしょうか。領主の恐ろしい噂と、ルシアンの思惑など、いろいろぎゅっと詰まったお話です。

どうぞ本編をお読みください。

イラストをつけてくださった氷堂先生、すっごい可愛いクラーラと、すっごいカッコいいルシアン様をありがとうございました!!　クラーラの礼服姿が可愛くて、男装乙女もイケるんじゃないかと自己再発見しました。ルシアン様の王子様っぷりにもクラクラです。ドレス姿のクラーラを今から楽しみにしています♪

担当の佐藤編集長、お題が「男装」だったわけですが、なんか当初の予定とまったく違う方向へ展開してしまいました。申し訳ないです。途中で服装の修正案をいただいたおかげで、なんとか男装乙女になりました。タイトルを考えてくださったことと合わせて、お礼申し上げます。

ここまで読んでくださったあなたにも、どうもありがとう!!　綺麗なドレスが全然出てこなくてごめんなさい。でもクラーラを可愛いと思っていただけたら幸せです。

二〇一六年三月二十三日

花川戸菖蒲

本作品は書き下ろしです

花川戸菖蒲先生、氷堂れん先生へのお便り、
本作品に関するご意見、ご感想などは
〒101-8405
東京都千代田区三崎町2-18-11
二見書房　ハニー文庫
「夜伽の苺は男装中～皇太子の内憂白書～」係まで。

Honey Novel

夜伽《よとぎ》の苺《いちご》は男装中《だんそうちゅう》
～皇太子《こうたいし》の内憂白書《ないゆうはくしょ》～

【著者】花川戸菖蒲《はなかわどあやめ》

【発行所】株式会社二見書房
東京都千代田区三崎町2-18-11
電話　03(3515)2311［営業］
　　　03(3515)2314［編集］
振替　00170-4-2639
【印刷】株式会社堀内印刷所
【製本】ナショナル製本協同組合

落丁・乱丁本はお取り替えいたします。
定価は、カバーに表示してあります。

ISBN978-4-576-16076-4

http://honey.futami.co.jp/